微风不定
幽香成径

元曲

文舒——著

中国华侨出版社
北京

图书在版编目 (CIP) 数据

微风不定，幽香成径：元曲 / 文舒著 . — 北京：
中国华侨出版社，2018.3（2019.7 重印）

ISBN 978-7-5113-7423-3

Ⅰ.①微… Ⅱ.①文… Ⅲ.①散文集－中国－当代
Ⅳ.① I267

中国版本图书馆 CIP 数据核字（2018）第 020268 号

微风不定，幽香成径：元曲

著　　者 / 文　舒
责任编辑 / 刘雪涛
封面设计 / 阳春白雪
文字编辑 / 贾　娟
美术编辑 / 宇　枫
经　　销 / 新华书店
开　　本 / 880×1230mm　1/32　印张：8　字数：245 千字
印　　刷 / 北京德富泰印务有限公司
版　　次 / 2018 年 5 月第 1 版　　2019 年 7 月第 2 次印刷
书　　号 / ISBN 978-7-5113-7423-3
定　　价 / 35.80 元

中国华侨出版社　北京市朝阳区静安里 26 号通成达大厦 3 层　邮编：100028
法律顾问：陈鹰律师事务所
发 行 部：（010）88866079　传　　真：（010）88877396
网　　址：www.oveaschin.com　E－mail：oveaschin@sina.com

如果发现印装质量问题，影响阅读，请与印刷厂联系调换。

前言

元曲是元杂剧和元散曲的总称，由金元之际随着游牧民族入主中原而带来的新乡土文化与中原的词曲文化相结合而成。元人的精神特质从元曲里大致可以看到七八分，这个马背上的王朝给元曲赋予的人文精神，无法被人轻视。

对于这个时代，元朝的文人倾诉着一切：有离开故国的悲伤，与往日的浮生盛世告别的不甘；有羁旅在外、离愁别绪的难抑；有对人生和恋爱的情殇；有对生不逢时的愤恨；也有对整个时代灰暗背景的不满；亦有不断挣扎在社会边缘的可怜人。他们之中不乏潇洒之人，但满腹牢骚却总是不在少数。对他们而言，一生苦苦寻觅，苦苦把握，苦苦追求，把义愤难纾的情感捧在掌心，终日凝望，他们直言不讳对统治者的不满，却并没有因此获罪。由于元王朝的专制性并不如明、清两代，特别是在文化政策上，蒙古人无意间摧毁了宋代以前的文化硕果，而其无意识的包容令文人们敢于倾吐不满，这也间接造就了元曲文化的繁盛。

元代文人抒发了不同的人生路径所爆发的种种情感，最直接的承载物就是他们所写的曲戏。仔细品味那涓涓笔墨和嘤嘤歌声，可以深切体会到他们处于一个盛大而混乱的时代所爆发的生命狂想。对于匆匆而去的人生而言，因一切向往而产生的温馨与美好，因一切专注而产生的哀怨与疯魔，因一切痴狂而产生的荒唐与罪恶，无不让人感到怜惜、肃然而又庄重。我们可以从他们的字里行间，体会那清幽的墨香和销魂的滋味。

如若可以，请许我一段静美时光，抛开所有的背景，单纯地来欣赏元曲中的美：她是那场戏里顾影自怜的青衣，踏着细碎的音韵，迈着温婉的步调，衣袂飘飘，款款走来，待曲终人散，便安静离去，不诉归期；他玩的是梁园月，饮的是东京酒，赏的是洛阳花，攀的是章台柳，待品完那些酸甜苦辣，看尽那些冷暖炎凉，便回归自然，将身心融入天地间。任你红尘滚滚，我自清风明月。他们或梦碎断肠，或破镜重圆；或天涯相伴，或风雨同眠。多少人，多少事，多少景，也逃不过化成恍惚久远的吟诵、唇齿留香的曲调，最终渐行渐远。

掩卷之后的我们，仍可以细细回味，在婉约古典的文字里品味爱恨，了悟悲欢。正是：几多风情，兀自开放，生、旦、净、末惊艳亮相；笔尖流转，清韵盈香，幻化出千般情致、万缕柔肠。

目录

微风不定，幽香成径　元曲

千秋家国黎民苦

微风不定，幽香成径　　元曲

山河破碎
离乱歌

动荡的不仅是尘嚣，也是人心。一曲曲离别的歌，亲人执手谆谆，朋友把酒辞行，愁肠难断，黯然销魂。这些离乱之曲读起来看似波澜不兴，其实情浓切切，激荡人心。

黯然销魂，唯别故土

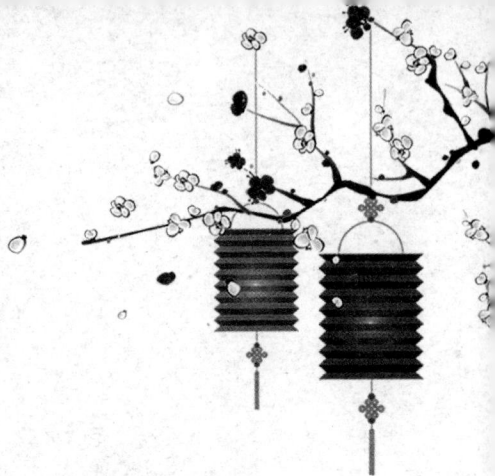

在青山绿水之中，如果偶然见到一些居住的民家，总会觉得别有一番韵味。农家的袅袅青烟，点缀着葱郁的江山，一幅可静可动的温馨画面，往往会吸引过往行人驻足观望，猜测那小楼乌房中居住的不是野民，便是世外之人。

地处西南的三峡，古往今来都是文人墨客最喜欢留笔墨或转诗文的地方，在这里或许遗下了很多名士的足迹，但更多的是行走在山间的住户。由于水域的变换和地址变迁，巫峡深处的一户人家举家迁徙，背着锅碗瓢盆、床褥席子，拉着牛、马、狗登船，准备南下换个好地方垦田居住。但让人惊奇的是，船尾竟有一棵小小的被连根拔起的水青树。

从古到今，大凡搬家迁居，搬家具、搬动物都属正常，可是竟有人带着树木，实在是件奇闻。一问这户人家的主人才知，原来他们等到了新家之后，要把树种到门前，这样就不会有离故乡太远的感觉了。

这眷恋故土之情，说起来简单，细想之下，忍不住叫人为之动容。

人类眷恋故土纯属常情，特别是经历了国破家亡的彷徨，那噬心蚀骨的滋味，只能用黯然销魂来形容。南朝江淹在《别赋》的开头就用了"黯然销魂者，唯别而已矣"，来形容齐梁时代动乱导致了人们流离失所。时光流转到了南宋末年，又是一个史无前例的乱世，金人南下，直打得赵宋江山不保，元人铁蹄又来袭，金、宋皆灭，多少人沉浮在这世上，朝不保夕。大字儿不识一个的老百姓，背着包袱四处奔逃，逃到哪儿就在哪儿安家落户，甭说带走一棵门前的树苗，就算是心爱的小物件，也顾不得携带。那些文人墨客同样也遭受着流离失所的命运，他们比普通百姓幸运的是，可以用自己的笔和智慧创造无数的丧乱词曲和诗句，以抒情怀。看着这些充满离愁的词曲，如何能不悲从中来。

重冈已隔红尘断，村落更年丰。移居要就，窗中远岫，舍后长松。十年种木，一年种谷，都付儿童。老夫惟有，醒来明月，醉后清风。

玄都观里桃千树，花落水空流。凭君莫问，清泾浊渭，去马来牛。谢公扶病，羊昙挥涕，一醉都休。古今几度，生存华屋，零落山丘。

——元好问《人月圆》

这两首曲子是文人元好问重临故土时所写。他本来是金哀宗时期的一个小史官，专门负责记录历史。他在金朝为官不过数年的时间，蒙古人的铁蹄就已来到，金都城开封汴京失守，他成了蒙古人的俘虏，后来流落在外。至于他的家乡忻州，早在他年轻时就被蒙古人攻破。几十年之后，年过半百的元好问回到老家，看到家乡与从前相比发生了很大的变化。家乡的人口虽多，可是大多数都很面生，一切看起来欣欣向荣，其实恍如隔世。

首曲的第一句，交代的便是他对盛衰无常的感慨。在家乡逗留数日，元好问决定"移居"此地，并开始对定居的屋子和周围环境进行整修：窗户对着远山，屋后种植长松，而种树、种田的工作交给孩子们去干，自己则坐在屋中，看庭前屋后，察看树上有几只鸟、池塘里有几条鱼。这种生活幽静闲适，却无事可做，他只好喝酒观月。但到头来却忍不住一腔酸楚，满腹故国的不堪回首。

明明回到家乡却没有回到家的感觉，听起来似乎可笑，但是如果家乡没有等你、认识你的人，土地也换成了其他国主来统领，人当然会变得对周围充满陌生感。第二首曲子便继第一首，将元好问"居无定所"的情感进一步升华。

在长安城的玄都观里，曾经开满了无数桃花，清风拂过，桃舞妖娆，可是一夜之间，桃花便凋谢被溪水冲走，不留一丝痕迹。看到这种情景，元好问心情更抑郁，暗道再没必要去谈

微风不定，幽香成径　元曲

论奔流在长安城外的河水是清泾还是浊渭，来来往往的是马还是牛，总之一切都匆匆地消逝，根本就无回天之力把当时的美景挽留。

南唐后主李煜的词中有这样的句子："别时容易见时难。流水落花春去也，天上人间。"元好问在曲子中也用了"花落水空留"一语，意思与李煜的相去不远。桃花在词人、曲人的笔下，成了寄托怀念的事物，然而流水无情，将落下的桃花尽数漂走，使得元好问的哀思无处承载。

在第二首曲子里，元好问还借用了东晋谢安和羊昙的典故，来形容自己的悲痛心情。谢安是东晋的著名宰相，晚年受诟，辞官离开京城建业（今江苏南京），后来他又带病回到京城治疗身体，在路过西州门（建业的城门名）时，对自己的侍从说：我可能活不久了。没过多久，谢安竟真的离世。谢安生前特别疼爱他的外甥羊昙，羊昙得知舅父去世伤心不已，每次出京都避开西州门，怕触动了心事。一次，他喝得酩酊大醉，无意间走到西州门，仆人告诉了他身处的位置，羊昙一听，号哭一通，借曹植的《箜篌引》仰天悲呼："盛时不可再，百年忽我遒。生存华屋处，零落归山丘。"羊昙的这番话是说谢安大半生富贵显赫，且将东晋治理得井井有条，盛世重现，可是他的晚年却那般凄凉，惨淡地归于黄土。羊昙对人生无常的悲，正与元好问的心情相符，因此，元好问借谢、羊的典故，以寓自身的万念俱灰。

山河破碎

家园被夺，的确可悲；无家可归，则更是令人难受。法国作家都德在他的《最后一课》中，以一个童稚无知的小学生自述的方式，写普法战争后被割让给普鲁士的阿尔萨斯省一所乡村小学所上的告别祖国课。当老师怀着悲痛的心情在黑板上写下"法兰西万岁"时，能体会个中酸楚的人，就会变得哽咽无言。

古代世界战争频发，为人类造成的罹难太多，走投无路者遍地都是。重新定居下来时，过去的阴影始终无法抛却，唯有一醉方休，感慨不管活着时享尽了多少荣华富贵，死后都不过一抔黄土。人生有限，世事无常。《人月圆》后曲的最后一句话，既是羊昙的感慨，也是历尽种种沧桑之后元好问的长叹。

一首首思念故土的曲子，唱不尽的丧乱之情，继元好问之后，许多久经动乱的文人内心当中仍对旧河山进行着哀悼，杨果便是其中之一。

采莲人和采莲歌，柳外兰舟过，不管鸳鸯梦惊破。夜如何？有人独上江楼卧。伤心莫唱，南朝旧曲，司马泪痕多。

——杨果《小桃红·采莲女》

杨果与元好问几乎生活在同一个时代，金亡后出来做官，然而元朝内部又极其黑暗，因此他描写事态的散曲与元好问多少会有共通之处。这曲《小桃红》是杨果在白日听闻河面上采

微风不定，幽香成径　元曲

莲女欢快的歌声，对兴亡的感慨本已被冲淡，可是到了晚上，江上偏偏传来商女凄切的歌，一时间悲从中来，回忆起南朝陈后主荒淫无度，与当下的帝王都是半斤八两。他的最后一句"司马泪痕多"，正是影射白居易《琵琶行》中那两句"座中泣下谁最多，江州司马青衫湿"，来升华自己思念故国、离家失意之情。

去者已矣，来者可追，失去乡土，任何人都不愿如此，但又能如何？世事无常，住在山野间的小民尚且因地质的变动被逼得迁徙，那么被人情事态所逼的情况就更时有发生了。人们怀念故土故国，单只去疾呼悲呼如何伤心难过，想必也于事无补。其实，如果还有力气，不如去重新建设自己的家园，让美好的江山成为后人的故土，岂不是更好？

山河破碎

思乡切切，断肠人在天涯

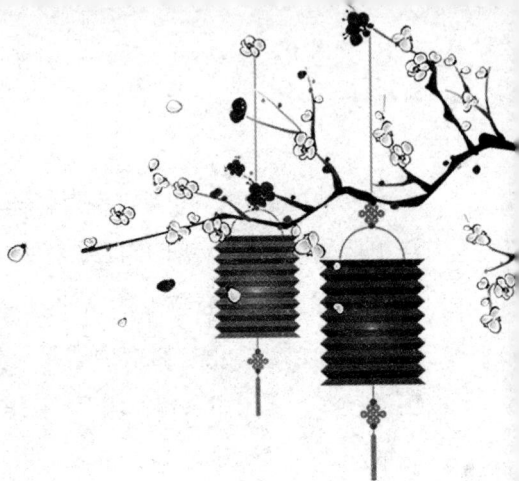

古老的先人把土地视作命根子，八户人家围成一个大院，看起来方方正正，就是个"井"字，如果背对着大院，就等于离开自己的老窝，"背井离乡"也就由此而来。几千年来，在外羁旅的游子们多数都不是自愿的。有的为了觅仕途而求取功名，有的为了生计而奔波，有的则是被迫逃亡。

中国人的"根情"历来是最重的，如果没有自己的房屋和田地，就等于树无根基，很快就会枯死。所以千年来奔波在外的人们用无数的诗词歌赋来表达自己的思乡之情。

"采薇采薇，薇亦作止。曰归曰归，岁亦莫止。靡室靡家，猃狁之故。不遑启居，猃狁之故。"如果先秦失去了《诗经·小雅·采薇》一诗，先人的思乡就不会令人觉得情切。

一束束薇菜已经发芽长大，采一束薇菜就不免思乡。说回乡道回乡，眼看一年又过完，有家却等于没家，全为了保家卫

微风不定，幽香成径　　元曲

国、跟狄夷去厮杀，连空闲的时间都没有，何谈回家？满腹惆怅心多忧思，生活疾苦难耐，可是边防动乱，自己还要随着军队辗转各地，连个书信都寄不回去。"采薇"传达的正是征夫念家的情感。

在外颠沛的游子与戍边人的心何尝不是相同的。李白的抬头望月，低头思乡；李煜的"离恨恰如春草，更行更远还生"；马致远的"断肠人在天涯"；纳兰性德的"风一更，雪一更，聒碎乡心梦不成"。诗人们的话语一个比一个凄清，思家之情款款入人心。

与过往的王朝相比，生在元代的人多离愁，有国家民族变乱的原因在里面，也有个人的情感在其中。过去人们表达情感的有诗词歌赋或长篇散文，也有民间传奇之类的故事，不过表现张力比起元代的杂剧和曲子显然要弱；另外，饱经离难的元人情感复杂得多，他们通过自己的笔墨和大量融合各民族、各地方言的感叹词，谱写了易于弹唱的曲调和歌词，使得他们要表达的内容更加情深义重，催人泪下。

有关"离愁"之曲写得最让人魂断的当属马致远，他的《天净沙·秋思》已成绝响。在《汉宫秋》里他也曾借昭君王嫱之口道出"背井离乡，卧雪霜眠"的痛苦。离开家乡如同躺在霜雪上，实在难以忍受。

渔灯暗，客梦回，一声声滴人心碎。孤舟五更家万里，是离

山河破碎

人几行情泪。

——马致远《寿阳曲·潇湘夜雨》

马致远的一曲《寿阳曲·潇湘夜雨》，点点离人心碎声敲打着人们的心。本曲的曲名既为"潇湘夜雨"，可见马致远所在的地方必定是潇湘之地。潇湘本指湘、潇二水汇集的零陵郡，后来人们干脆用它来指代湖南等地。古有"潇湘八景"，是爱风花雪月的宋人所封的湖南八处景致。当地每逢夏秋便落雨不停，尤其是傍晚开始的淋漓小雨，激起浮动的江雾，一些渔人驾着小舟于雾间若隐若现，渔灯朦朦胧胧，更惹人遐想。若是你此刻离家万里，心有所系，在烟雨蒙蒙中肯定会惆怅满腹，泪水涟涟。马致远也是受到夜雨凄迷的影响，变得越发多愁善感。

像是马致远这样的羁客遍布大江南北，因秋景而生乡情的人也比比皆是。思乡本不论季节，但一年当中总有些时日会令人生出离愁，比如九九重阳日。这一天通常是与家人共聚的时刻，彼此携手登山、观花饮酒。可是游子的身边却没有亲人陪伴，因此越发觉得孤独。"独在异乡为异客，每逢佳节倍思亲。"王维也是在九月九日孤身登山时写下忧伤诗句，由此而激发了后人无数慨叹。

秋风江上棹孤舟，烟水悠悠，伤心无句赋登楼。山容瘦，老树替人愁。樽前醉把茱萸嗅，问相知几个白头。乐可酬，人非旧。

微风不定，幽香成径　　元曲

黄花时候，难比旧风流。

秋风江上棹孤航，烟水茫茫。白云西去雁南翔，推蓬望，清思满沧浪。东篱载酒陶元亮，等闲间过了重阳。自感伤，何情况，黄花惆怅，空做去年香。

——汤式《小梁州》

行役经年，佳节思亲。九月九重阳之际，曲人汤式也不可避免生出此种心绪，写下了两曲《小梁州》。汤式生活的时代与马致远大不相同，但二人同样经历了漂泊无依的岁月。根据史载，马致远曾有"二十年漂泊"的生涯，大好青春全浪费了；而生于元末明初的汤式，历经元、明两朝更迭，也是流落江湖多年。直到巧识燕王朱棣，得到他的赏识才飞黄腾达。

后人说，汤式的散曲虽然明艳工巧，却内涵不足，大概也是因为经过苦难之后生活优越，而变得江郎才尽。这两曲《小梁州》写得甚是凄迷，首曲怀人，后曲伤己，大概是因为与家人朋友失散，又背井离乡多年，所以有感而发。情感到处，感人肺腑。据推测，这两首散曲很可能是在他漂泊时所写。

二曲的开篇皆是从秋风里的一叶孤舟开始写起，小舟的背景尽是烟水茫茫，绵远悠长，与马致远的"潇湘夜雨泊孤舟"颇有异曲同工之妙，看来小舟和水雾的确是最能激发人的乡愁的情景。首曲先是作者登上高楼，看山色萧条，禁不住伤心无语，感觉那枯黄的老树都在替自己哀愁。他手持茱萸艾草，鼻尖飘散的是清冷的草香和淡淡的酒气。汤式看着眼前桌案上的两杯水酒，这一方是给自己的，另一方座位上却空无一人，顿感空虚寂寞无人伴。他禁不住暗叹，自己都已经变老，那些家乡的故友亲人还有几个白首健在呢？快乐容易找到，但与旧人的友谊和情感却难以重拾，黄花依旧，人情已无。

汤式登楼无语，因为怀念故人，这是前曲暗含的内容，后曲也交代了他突然思乡的原因，正是因为九月九日重阳节。在一片烟水茫茫的景象中，白云西去雁南翔，深秋将至。这一次汤式坐在孤舟的里面，掀起小舟的蓬帘，看着眼前滚滚流动的江水，"清思满沧浪"。"沧浪"本指代屈原，屈原投江是为了以沧浪之水洗涤一身尘埃，而他汤式不可能做出屈原的举动，唯有令沧浪承载他的相思。

相思的是什么，自然是故人了。此时他又忆起陶渊明入菊园饮酒赏花过重阳节的情景，感叹陶公不在，菊园依旧，相信没有了陶渊明这个知己的菊花也必定非常孤单，就如同汤式自己失了亲人一样痛苦。

将自己化作一簇菊花，暗示没有知己陪伴，是汤式在两曲中最精妙的一笔，于虚拟处传出内心的意蕴，思故伤怀全在字里行间。此妙笔与"断肠人在天涯"几乎不相上下。

或许的确如后人评论的那样，汤式的大多散曲都显得做作，但漂泊天涯者的心意是无法刻意营造的，如果他没有亲身经历长年的宦游和羁旅，是写不出人思黄花、黄花思人的场景的。

便冲着这一点，也不枉后世在曲海当中留他一笔。

　　羁客思乡、思故里，是人之常情，诸如马致远、汤式等人的牢骚发得应时应景，同时也能引起许多相同经历的人的共鸣。因此，思旧阻止不得，亦没有必要去阻止，牢骚发得越多越深，证明他们越没有忘本，越不能忘记自己的故乡。

山河破碎

游子愁，化作点点相思曲

"放眼呦这片河山，山不断呦水不断，缘情也不断。山水摆开了棋盘，天地却不分楚汉，一根长长的血脉呦，把我们连成一串。山水摆开了棋盘，天地却不分楚汉，四面八方的五色土呦，凝成了一座江山。这方土呦山也连绵，这方土呦水也缠绵，这方土呦人也相恋，这方土叫人依恋。"

这是一首流行在现代歌坛的故土情歌，且不说它的词作者和曲作者，只讲它饱含的深情，就勾起了人们对家乡的思念。一千多年以前，常年在外行军打仗的曹操在面对旷远的山河时，亦忍不住对他的下属道出思乡的感慨："狐死归首丘，故乡安可忘？"相传狐狸在临死之前，即使不能回到自己的洞穴，也要把他的头冲着巢穴的方向才咽气，表示那是吾之故乡；兔子也有这样的习性，除非是意外身亡，否则死也要死在窝中。动物尚且如此，更何况是情感丰沛的人呢？万水千山，转战多年，

微风不定，幽香成径　　元曲

停歇下来的时候，曹操能想到的不再是辽阔的江山尽掌握在手中，而是乡土那甜美的气息。

故乡是塑造一个人魂灵的地方，几乎每个人念叨家乡的时候，一是思念父母，二是思念那里的风土人情。久居异地，久别亲人，每每回忆，即使不会泪流满面，亦会对月长叹，夜不能眠。过年过节的时候，在异地看到家乡的节目，即便看到欢喜处，也会笑得哭出来。所以王维才有"独在异乡为异客，每逢佳节倍思亲"的感叹。家乡，成了人们日日的记忆，叫人愁肠百结。

谁家练杵动秋庭。那岸纱窗闪夜灯。异乡丝鬓明朝镜，又多添几处星。露华零梧叶无声。金谷园中梦，玉门关外情，凉月三更。

——乔吉《水仙子·若川秋夕闻砧》

此曲是乔吉行经若川时所作。他落脚若川时正是秋夜，本来应该是夜深人静，却隐约听到阵阵的捣衣声。古人的衣物是由丝麻等物编织而成，需要用捣衣木将织物砸软，就像现代的牛仔裤需要水磨一样，越是经过锤炼，衣物会越发柔软贴身。乔吉顺着捣衣声音传来的方向，望见一户人家的灯还没有熄灭，透过窗子映出里面女人孤独的干活的身影。他猜测也许女人的亲人去了远方，她思念得睡不着，唯有捣衣消遣，在忙碌中驱除愁苦。

山河破碎

想到这里，乔吉不由得感同身受，记忆如潮水般涌来。想到了李白的那两句"高堂明镜悲白发，朝如青丝暮成雪"。拿起窗边的镜子，发现自己两鬓出现了几根白发，让他感觉自己又老了几岁。想到自己多年行走江湖，已然老得如此之快，那家人岂不是……不敢再这样想下去。正当此时，一叶梧桐在身边飘落，干枯的剪影被月光映在土地上，梦幻中作者似乎做起了"金谷园中梦"。

　　金谷园是晋代石崇宴客聚会之地，他经常在那里大摆家宴，汇集当时的文豪"二十四友"等人，一起吟诗作对，好不快活。就连李白都曾希望造一个相同的金谷园以供朋友、亲人聚会。其实不但李白有这个想法，乔吉也希望能拥有一个金谷园，因为他已经太久没有见过家人和朋友。

　　想到金谷园的乔吉忽然又忆起了"李白夜度玉门关"的典故。李白路过玉门关时曾写下《子夜吴歌》，是专为丈夫出关打仗的思妇所写的："长安一片月，万户捣衣声，秋风吹不尽，总是玉关情。"李白的《子夜吴歌》也出现了捣衣的情景，与乔吉的《水仙子·若川秋夕闻砧》中提到的捣衣声相映成趣，难怪乔吉会在曲尾引出此典。

　　"曲从肺腑出，出辄愁肺腑。"在冰冷的月华洗礼下，乔吉的思旧情绪越发浓烈，遂告别了捣衣与凉夜，辗转向家乡的方向行去。

瘦马驮诗天一涯，倦鸟呼愁村数家。扑头飞柳花，与人添鬓华。

——乔吉《凭阑人·金陵道中》

在穷游天涯之后，乔吉路过金陵古道，再涌思乡念头，忍不住写下了此曲。"古道西风瘦马"，看似是古人词曲中用来烘托背景气氛的媒介，乔吉的曲子也不例外。不过，"瘦马驮诗"指的不是乔吉，而是唐代诗人李贺。被誉为"诗鬼"的李贺本是唐宗室郑王李亮的后裔，虽家道中落，依然饱读诗书，得了功名，怎知道遭人毁谤，不能举进士。从天堂一下子被打入地狱，令李贺大受打击，便在外流浪。他有个习惯，骑着一头毛驴，背着一个破皮囊，见到什么新鲜事物就赋诗一首，丢入囊中。他的诗集就这样不知不觉累积而成，"瘦马驮诗"的典故也就名声在外了。

乔吉的余生过着如同李贺一般的流浪生活，他在外行走多年之后，最终还是受不住想家的煎熬，生出倦鸟归林、狐死向丘的意念。他到了金陵附近，眼看离老家杭州不远，再看到几只倦鸟向附近村子飞去，便忍不住伤情起来。在这曲小小的《凭阑人》里，前半段乔吉借李贺自比身世，借倦鸟说自己的归乡情切；后半段则是完全是对自己的怜惜，感慨自己的青春年华就这样逝去。激起他感慨时光流逝的便是那漫天飞舞的"柳花"。

晚春的柳树该生叶了，残存的柳絮迎风扑面，粘在两鬓，

山河破碎

如同自己生命已到垂暮，却还独身在外，实在太过孤独了。此时乔吉年龄并不是很大，不过华发早生，而柳絮挂在两鬓上显得他更加苍老，内心备觉凄惶。

人恋故土，特别是对漂泊厌倦之后，寄一封家书，恨不得魂魄与书同寄去，留下没有灵魂的躯壳，飘零十数年的乔吉也同样抱着该想法。中国台湾诗人余光中将乡愁比喻成一枚小小的邮票："我在这头，母亲在那头。"这小小的邮票等同书信，跟随着它，魂灵也飘向了落叶该归的地方。乔吉没有小小的邮票，但却有小小的思乡曲，被他放在了自己的诗袋中，虽然寄不出去，却寄托了他的情怀。

辽阔的空间，悠邈的时间，都不会使思乡的感情褪色。乔吉的倦和归，既是说自己，亦是在诉说那个年代无数游子的心声。

微风不定，幽香成径　　元曲

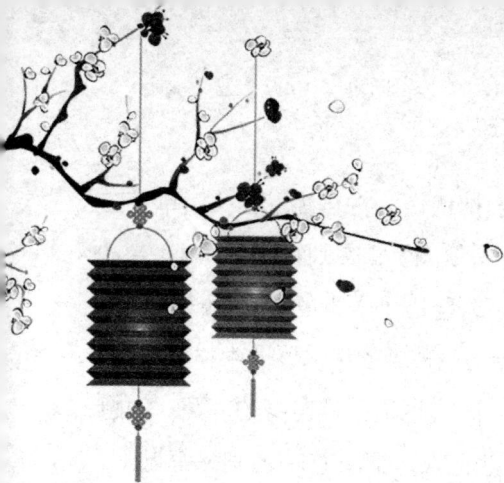

忘忧草，含笑花，劝君闻早冠宜挂。

那里也能言陆贾？那里也良谋子牙？那里也豪气张华？

千古是非心，一夕渔樵话。

——白朴《庆东原》

撷一株小小的忘忧草，多少烦恼都可以被抛诸脑后；摘一朵含笑花戴在头上，如麻思绪在馨香中飘散开去。过去人把忘忧草叫作紫萱，认为吃了之后就像酒醉般，忘却了一切凡尘俗世，故有其名；南方人把含笑花作为百花之首，四时皆开，奇香无比，妖娆娇俏。其实，忘忧草不过是黄花小菜，含笑花也不过是茉莉而已。然而，它们被想象力极丰富的先人赐予了古色古香、文气十足的别名，化作诗词歌赋里的托物，以言作者的志向。白朴在他的《庆东原》开篇，同样借用二草，来抒发他的真情。

《庆东原》一曲，是杂剧大家白朴的信手拈来之作，他的曲中主人公言笑晏晏，劝世人忘掉忧伤，将忘忧、含笑二草带在身边，告别悲伤的苦难。文辞看似浅显，实则意境深远。

在元代纷乱的社会背景下，经历了人世的各种动荡，令诸多世人想抛却各种烦恼，消除自己苦难的记忆。曲中抱着忘忧、含笑草的人，是众生的化身，同时也是白朴自身的写照。他想借两种植株背后的内涵来奉劝世人，把所有功名利禄都抛却，因为它们到头来不过一场空。

白朴甚是怕自己的奉劝不能打动人们停止追逐名利的心，便以许多因求名而变得不幸的古人来作证。他举了汉代能言善辩的陆贾、西周足智多谋的姜子牙、文韬武略的东晋大臣张华，这些大名鼎鼎的古人都遭遇被放逐远方的命运，功劳不被帝王记着，反而成了渔樵茶余饭后的聊天内容。古人尚且如此，更别说我辈了。

白朴的感叹不无道理。元王朝朝政黑暗，让身在官场的人心灰意冷，过去那些直到功成才打算身退的人，大多数没有好下场，非死即伤，因此何必留恋官场？不如看开，不想是非功名。《庆东原》中的寥寥几语，言辞看似潇潇洒洒、轻松洒脱，事实上曲人本身并不轻松。元王朝的大多数曲人，都如白朴一样，对命途发出许多牢骚，不乏名家之辈，例如乔吉。

曲人乔吉很善于写才子佳人、风流韵事，他是写这方面杂剧的专家，但因长年的漂泊生活所苦，在政治上又屡不得志，忍不住发出"多少豪雄，几许消沉"之语。

江南倦客登临，多少豪雄，几许消沉。今日何堪，买田阳羡，挂剑长林。

霞缕烂谁家画锦，月钩横故国丹心。窗影灯深，磷火青青，山鬼喑喑。

——乔吉《折桂令·毗陵晚眺》

乔吉喜欢自称"倦客"，在这首散曲《折桂令·毗陵晚眺》中，首句便自诉身份"江南倦客"。他一生落拓江湖，纵有千秋之志，始终得不到功名。曾经的书生意气没了，雄心壮志也没了，都化作对生活的疲倦、对官场是非的看轻。想当年，苏轼纵横官场几十年，三起三落，最后得出了一个结论："人生如梦，一尊还酹江月。"于是抛却一切，在阳羡买了块田，过起田园生活。乔吉在曲中提到"买田阳羡"，指的便是苏东坡的经历，也借此来比喻自己想要归隐的心意。与此同时，他也以"挂剑长林"来形容自己对世俗厌倦，欲超脱其外的感慨。

徐逊是晋朝的一个小官，因看透了仕途的险恶，突然觉得生活没有乐趣，便收拾包袱求仙问道去了。有人说徐逊成了仙，每每到人间神游的时候就来到艾城镇（江西南昌附近）的冷水观，习惯把佩剑挂在观内的一棵松树上，再访问人世。

徐逊历尽了渺渺程途，走过漠漠平林、叠叠高山，看过滚滚长江东逝。见惯了寒云惨雾，受尽了凄风苦雨，知道了汲汲营营不现实，到头来黄粱梦一场。徐逊看淡了现实，所以清楚地认清功名利禄不值得留恋。乔吉在诗中用"挂剑长林"的目的，与徐逊的经历相符合的，因为徐逊抛却功名、远离尘俗正是乔吉所要追求的。

乔吉的人生比苏轼、徐逊还不得志，他连个芝麻小官的官印都没见过，如何能不成为官场倦客？而且，乔吉的命不好，成不了徐逊那般的"仙"，只有睡时对着"窗影灯深"，觉得自己的生命之灯即将要熄火，人生还没怎么好好过，仿佛便要被山鬼勾去了魂儿。

乔吉自诩文坛英雄，本该是意气风发的，可英雄消沉，变得贪生怕死，还称得上英雄吗？人生过得如此，的确悲哀。

数十年梦一场，对红尘一笑置之，不怕风雨飘摇，因为比风雨更自在的是人的心。乔吉该像白朴一样，不再因成为官场倦客才选择放开，应早早地抱着忘忧、含笑二草，打开心扉，才活得逍遥。正像佛家的偈语说的那样："有钱也苦，没钱也苦；闲也苦，忙也苦，世间有哪个人不苦呢？"不被俗事叨扰，能忍的就忍，把痛苦当成磨炼；不能忍的就不忍，转身毅然离去。叹人生崎岖途路难，得闲且闲，到处皆有鱼羹饭，还怕没有出路吗？

不过，乔吉的一生都没有实现逍遥的境界，对名利双收的生活过分奢求，使他只能在红尘里继续消沉，驻足不前。这恐怕也是当时大部分文人的通病。

世上本没有「如果」

　　溅血的仕途虽然包含着欲望与罪恶，但往往也是最成功的。相对而言，那些在他人仕途中的流血者往往也是最倒霉的。所以从几千年前到如今，说"仕途险恶"的人绝对不在少数。有的人选择继续混迹下去，为争得一官半职而不惜将人格丢在脑后，有的人因为不敢争也不能争，选择走向世外田园，自娱自乐。元代的文人大多选择了后者，这与时代的背景有着千丝万缕的关系。

　　不知是否因为元代是中国既统一又史无前例动荡的时代，导致了其文化出现断层，有关一些文化人士的记载也少得可怜。除非此人出名到天下皆知的程度，否则无论他写了多少诗词歌赋，无论做了多少事情，后人对他的了解仅仅四字"生平不详"。

　　元代的曲人、杂剧家不像宋朝的诗人、词人那般，几乎叫

山河破碎

得上名字的人，其从出生到死后几乎每件人生大事都能被细细道来。元人很不幸，他们大多注定要遭受被历史遗忘的悲哀。

马谦斋，生平无可考，生卒年均不详，约在元仁宗延祐年间在世。他与当时著名的曲人张可久几乎生活在一个时代，张可久生于1270年，死于14世纪中叶，这段时间成为唯一能确切证明马谦斋具体生活年代的证据。一个曲作家的事迹要在别人的身上得到证明，可能并不痛快，不过最能代表其人格实质的现实依据，便只有他的作品。

手自搓，剑频磨，古来丈夫天下多。青镜摩挲，白首蹉跎，失志困衡窝。有声名谁识廉颇，广才学不用萧何。忙忙的逃海滨，急急的隐山阿。今日个，平地起风波。

——马谦斋《柳营曲·叹世》

搓着两手，把剑磨了再磨，心中思潮澎湃，追忆古往今来的大丈夫、大豪杰。对镜抚摸着自己的影子，指尖挑起的尽是白发，才想起岁月流逝，都已蹉跎，而自己却身居陋室不能一展长才。就算自己像廉颇那样是一代名将，仍会遭受别人的非议，老矣无用；就算自己像萧何那样是通世才子，如果换到这个时代，恐怕也得埋没乡间。像"我"这样的人，也就只能躲入深山或海滨当个无名隐士，不到世上去徒惹是非。现在的社会，平地起风波，实在叫人防不胜防。

空有抱负却出入无门，马谦斋在曲中流露出的抱怨在元代的各种文学作品中都比较多见。然而这《柳营曲》却是其中最闪亮的一篇，因为此曲有辛弃疾的那种大开大合、痛快淋漓、生动直率的风格。辛词在宋代独树一帜，乃豪放词中佼佼者。马谦斋在《柳营曲·叹世》用了"手自搓，剑频磨"，直接让人想到辛弃疾的"醉里挑灯看剑，梦回吹角连营"两句。辛词中流露的悲伤原因在于未能完成守护宋室的大业，就已两鬓斑白，而马谦斋的曲充满的是无法施展抱负、被埋没乡野的不甘。

另外，辛弃疾的《永遇乐·京口北固亭怀古》中有"廉颇老矣，尚能饭否"这一典故，马谦斋在自己的文中亦用此典。如此一来，越发显出马曲与辛词风格和意义上的相似。

马谦斋以《柳营曲》为调的曲子共有四首传世，首曲是"太平即事"。在"太平即事"当中马谦斋便说了当时的社会背景"天下太平无事也"，他过着"庄前栽果木，山下种桑麻"的生活。对于马谦斋来说，太平之际本该是他这种文士实现治世志向的时候，不像乱世需要的是英雄将才。然而他却过着辞官归田的生活。在他的曲子中，虽然充满了对田园生活的热爱，事实上却在抨击元朝廷不重视人才。在看似轻松活跃的"太平词话"中，有着马谦斋浓浓的悲伤和失望。他在第三首《柳营曲·怀古》当中，露出了强烈的不满。

曾窨约，细评薄，将业兵功非小可。生死存活，成败消磨，

山河破碎

战策属谁多？破西川平定干戈，下南交威镇山河。守玉关班定远，标铜柱马伏波。那两个，今日待如何？

——马谦斋《柳营曲·怀古》

此曲《怀古》里写了两个人物，一个是班超，一个是马援。"曾窨约"的意思是指作者曾经暗自揣摩，与下一句"细评薄"意思相同。马谦斋仔细品评了历史上那些有过丰功伟绩的将臣，看过他们的行军打仗和成败经历之后，最终选定了班、马二人作为怀古对象。这两人皆是东汉名将，其功业非同小可，在危机四伏、生死存亡的戎马生涯中战策频发，在历代将才中脱颖而出。但他们也经历了无比大的风险。

班超出使西域三十几年，平定北方的干戈，而马援南征定边，使夷人不敢入汉地半步。二人为汉人江山作出了不可估量的贡献，然而今日呢，二人踪影何在？在全曲的最后，马谦斋发出了悲凉的疑问。

马谦斋的思古曲，对以往的英雄持心驰神往的态度，但他又不得不回到现实，像辛弃疾的"尚能饭否"一样，痛心地呼号。马谦斋是个书生，他的志愿不是沙场，而是仕途。但并不等于他的心比古代的将军人物软弱，他也有满腔的热血和抱负，有马革裹尸的胸襟和魄力。不过，理想与现实的千丈落差却让他悲愤难当。

词曲是歌唱的艺术，它们不像诗，三两句中数个典故，寥寥数语陈述情感，需要细品回味，还要有较高的文化水准。词曲只是把人生化为了可唱可吟的歌，娓娓道出，或缠绵悱恻，或激昂悲愤，写到情深处似放实收，听罢意思已经完全领会，却仍让人情不自禁。马谦斋的曲子，豪放中带着些许忧伤，其中有无法回避的控诉、无法拔除的悲伤，细细读来，易于理解，但总能让人回味无穷。他有辛弃疾的影子，却没有辛弃疾的奔放，在慷慨激昂中收敛着内心的苦楚，这才是马谦斋和他的曲子共同拥有的特点。

　　古代的贤士子舆曾说，生命的获得，是因为适时；生命的丧失，是因为顺应；安于适时而处之顺应，悲哀和欢乐都不会侵入心房。如果马谦斋能像子舆所说的那样，把生活中的不满都放下，适时而顺应地活着，那么他就不会那么痛苦。可是世上没有"如果"，马谦斋根本不可能超越这个时代而存在，那些与他有着同样遭遇的士人也无法摆脱世态炎凉的现实，那么，他们所能做的，也就只有退居偏远之处，以免误落尘网。

山河破碎

杨柳依依，惜别凄凄

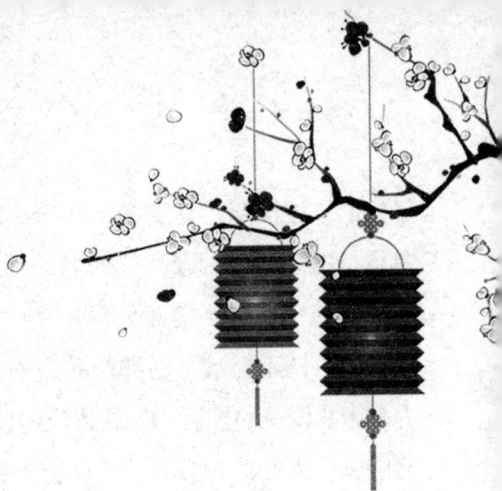

　　杨柳依依，不忍惜别，早在《诗经》的《采薇》当中，"柳"就成了送别必不可少的事物。原因是古人把"柳"视作"留"的谐音，表示挽留之意。当彼此分别时，折枝柳条赠给赴远方的人，意即不想和他分别、恋恋不舍。所以李白才有"年年柳色，灞陵伤别"一说，讲的正是折柳的风俗。相传古代长安灞桥的两岸，十里长堤一步一柳，由长安东去的人多在此处告别家人或朋友，都喜欢随手折柳相送。从那时开始，"柳"与文人的诗词一直有着不解之缘。

　　萋萋芳草春云乱，愁在夕阳中。短亭别酒，平湖画舫，垂柳骄骢。

　　一声啼鸟，一番夜雨，一阵东风。桃花吹尽，佳人何在，门掩残红。

——张可久《人月圆》

一向多愁善感的张可久也喜好借柳抒情，但柳只是这曲《人月圆》的意象之一，并不能完全说明张可久的离愁。芳草萋萋、夕阳乱云、短亭画舫、马蹄东风、桃花虚门，除了垂柳以外，曲中的各种景致都蕴含着别情，丝丝入扣，寸寸沁心。

张可久开篇所用的"萋萋芳草"，是从秦观那里得来的灵感。秦观在他的《八六子》一曲中写道："恨如芳草，萋萋划尽还生。"恨是一种绵长的痛，像芳草一样蔓延在心田，纵野火焚烧亦春风再生。所以有人才说恨比爱还苦，佛祖也强调莫要去"不辞辛劳"地痛恨一个人。然而张可久从萋萋芳草那里得来的不是焚心的恨意，而是别绪，他的离愁情绪在夕阳中不断攀升，使他的脑中闪现了无数离别场景：短亭饯行时举杯相送；平湖画舫中分袂诀别；垂柳下，载伊而去的青马。这些情景宛然在目，如何能不使他怆然而涕下，因此"一声啼鸟，一番夜雨，一阵东风"，便把张可久的离愁别绪推向了高潮。然而花落人去，今日再回到曾经去过的地方，他看到的已经不是曾经熟悉的人了。

在短短的一曲中，景与情的交融没有半分罅隙，典故与内容没有半点脱节，不着一字，尽得神韵。张可久的同辈中人高栻曾赞他"才华压尽香奁句，字字清殊"。张可久每言一句，皆可让人回味无穷，在这曲中他笔下的"柳"不着痕迹地成为他诉别情的工具，心甘情愿地化作张可久相思的寄托。

不过，以"柳"为别词，并且将柳的作用发挥得淋漓尽致

山河破碎

的人不只是张可久，曲人刘庭信更能善加利用"柳"的意蕴。

刘庭信原名廷玉，在元代以闺情曲见长，相当有影响力，他的曲子大多举世皆歌，绝对堪当流行曲作词人。但这人长得五大三粗，传闻又黑又高，朋友赠他外号"黑刘五"，大概因是家中的第五子而得名。有句话叫"我很丑但我很温柔"，这话用在刘庭信身上再恰当不过。他天性风流，喜好风花雪月的生活，以填词为自己人生的唯一爱好。在他的笔下，感情缠绵悱恻，离别更是凄苦，看其人与其词有点恍如隔世的感觉。后人在说起刘庭信时，必提他的《一枝花·春日送别》。

丝丝杨柳风，点点梨花雨。雨随花瓣落，风逐柳条疏。春事成虚，无奈春归去。春归何太速？试问东君，谁肯与莺花做主？
——刘庭信《一枝花·春日送别》

杨柳西风，梨花带雨，雨随花瓣落，风吹柳条疏，一幕柳、梨树旁依依告别的情景赫然在目。刘庭信的《一枝花》勾勒的便是这样温柔的画面。画中的两人别得温柔婉约，没有疾风迅雨的痛，使别情反而更沁人心脾。简简单单一句"春事成虚"，足言其别情之缠绵。春天就要走了，春的归去意味着人将离开，今后再有良辰美景都是虚设，斯人已经走远。问春日为何离开得如此之快，问司春之神东君为何要这么轻易地带走心上人，究竟谁能给他或她做主，把思念的人挽留呢？

春日送别，愁思满腹。刘庭信的曲中人自比"莺花"，应是个女子，在送别爱人时心情跌宕起伏，不能自抑。曲子的最后一句，更是把女子埋怨的情态写得惟妙惟肖。

刘庭信虽然天生丑陋，却多情至极，他每日于脂粉堆里厮混，自然常注意女子的风貌和情态，所以写她们的闺怨极尽能事，鲜少有人能比得了，是以他的风流之名远超同辈中人。

自古多情者易情殇，张可久和刘庭信都是多情之人，写别曲绝不会放过既可怜又可爱的柳枝，只因柳下的离别比一般的告别更能诱引出人内心的情感：一"柳"顶上千万的"留"。

此时，叫人不禁想起"章台柳"的逸事，这故事曾一度加深了许多文人对"柳"特殊的情感，大概张可久和刘庭信也深受此影响。唐代文人许尧佐在传奇小说《柳氏传》叙述了有关"柳"的故事：唐天宝年间的秀才韩翃赴京赶考，与李王孙成为好朋友，认识了李王孙的蓄妓柳氏。此女人称"章台柳"，花容月貌、才思敏捷。韩、柳二人见过多次，渐渐互相爱慕，李王孙欣然答应二人的婚事，还赠资千万给韩翃助他科考。韩翃中了探花之后恰逢安史之乱，便去参军打仗。哪知道朝廷任用的番将沙吒利自认平反有功，到处强抢民女，相中了柳氏，将她掳走。韩翃回到家寻爱人不着，便跟青州勇将许俊说了此事，许俊为韩翃与柳氏的痴情相爱所感动，帮他将柳氏又抢了回来，终使他们夫妇团圆。

韩、柳分别时，互以词诉衷情，不知折杀多少人的心：

山河破碎

章台柳，章台柳！往日依依今在否？纵使长条似旧垂，也应攀折他人手。

——韩翃

杨柳枝，芳菲节。所恨年年赠离别。一叶随风忽报秋，纵使君来岂堪折！

——柳氏

韩翃折的虽是柳枝，其实是想留柳氏。二人分别之际的一唱一答，都表达彼此愿朝朝暮暮、年年岁岁厮守在一起，两不相负，他们也的确不负对方的期望，在"好心人"协助下得以破镜重圆。

但是，"章台柳"中的"柳"所表现出的"欢喜"意思仅仅是在传奇小说里才有，在现实生活中，离散还是居多的，否则张可久、刘庭信之辈也就不必总是拿"柳"来大做文章。而"柳"在古往今来的诗文中也不会那般高频出现。人有悲欢离合，月有阴晴圆缺，"柳"的频繁多见，正说明"留"之困难。

不过，有时想留不能留才最让人伤痛，因为未来寂寞的不仅是送别的人，离开的人也同样寂寞。幸而许多人都意识到"此情无计可消除"，索性让它"才下眉头，却上心头"。离别未尝不是一种对人生的体味，不知道个中的滋味，就永远也体会不到相聚的幸福。

才子佳人
于乱世

他们身如浮萍漂流于乱世当中，任风吹雨打。他们在词曲、戏剧当中，孜孜不倦地寻找情感和志向的归宿，对爱情坚贞，对朋友忠诚。他们的词曲是生命的忧郁抗体，为自己拆解心灵的围墙。

君应怜我，一片冰心

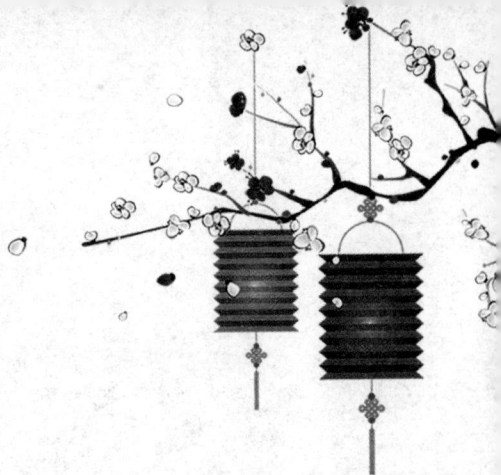

美丽而又多才的女人，自有一种叫人不能忘怀的风骨。宋代的李师师迷倒宋徽宗和风流才子周邦彦，叫世人都知道了风尘女子的魅力究竟有多大。在元代自然也有这么一位美女，引得众才子争相为她"抛头颅、洒热血"地赠诗作曲，只为博红颜一笑，她的名字叫朱帘秀。

曾把朱帘秀视为红颜知己的人有很多，例如卢挚、关汉卿、胡祗遹、冯子振等。胡祗遹在为朱帘秀的诗集作序时曾说过："以一女子，众艺兼并，见一时之教养，乐百年之生平。"意思是说，此女不但才艺绝佳，而且气度不凡，一颦一笑、举手投足无不显现大家风范，用胡祗遹的话来形容便是"一片闲云任卷舒，挂尽朝云暮雨"。他借王勃"画栋朝飞南浦云，珠帘暮卷西山雨"两句，把朱帘秀的名字放了进去，来形容她如闲云般从容，看尽沧桑依然不改初衷的品质。

从胡祗遹的形容来看，朱帘秀虽出身青楼，看起来却更像富贵人家女子，知书达理，应对有度。

朱帘秀又名珠帘秀，在当时梨园戏班子里排行老四，所以

微风不定，幽香成径　元曲

大家叫她四姐，小辈称她一声"娘娘"。梨园里出来的名角不少，朱帘秀却是顶尖中的顶尖，她的美与一般青楼女、戏名伶的香艳俗气是迥然不同的。关汉卿亦曾赞叹，上了妆登台的朱四姐有此风采，令周围一切事物都会失色。此等绝色容颜想必会令见者屏息，据说把当时的大才子卢挚弄得魂牵梦萦，至死都不能忘怀朱帘秀的容颜。

身为翰林学士的卢挚，其文采自不在话下，诗文与名家刘因、姚燧等人齐名，是当时的名士之一。朱帘秀的名声远播，自然勾起了卢挚对她的遐想。闻名不如见面，卢挚也去听了朱帘秀的戏。未曾想，一睹红颜便失了心，从此对朱帘秀的爱恋竟一发不可收拾。

情人眼里出西施，卢挚每次看到朱帘秀的表演，都说她的音色动林梢，连夜里啼鸣的黄莺都要对她甘拜下风。讲到她的容貌时已经无法用人间的言语来描绘，唯恐会亵渎了她。其实朱四姐的音容笑貌未必好到如此程度，但在卢挚看来完全是没来由的美。因此，当二人不得不离别的时候，卢挚才苦闷无比。

才欢悦，早间别，痛煞煞好难割舍。画船儿载将春去也，空留下半江明月。

——卢挚《寿阳曲》

人间恶，欢情薄。生活本是聚散离多，更何况卢挚有公务在身，还是大家子弟，不可能总跟朱帘秀在一起。时值春季，二人刚刚爱到浓时，他就要踏上归程，朱帘秀也要赴他乡演出，这一分别不知道要多久才能相见。于是在分别之际，卢挚写下了这首《寿阳曲》，传达内心的离别苦痛。他感叹二人刚刚聚首，就要分别，心痛欲裂。面对载着朱帘秀离去的舟船，感到周围的绿意和鸟鸣瞬间失色，一切的喜悦都被朱帘秀的画船载走，徒留他对着半江明月，靠追忆二人相处的时光来保持情爱的新鲜。

离开的朱帘秀未料到卢挚对她动的是真情，待她收到《寿阳曲》这封"情书"时，一遍遍读来，每一遍都像在心口上割下一块肉般，痛彻难当，遂写下《寿阳曲·答卢疏斋》，回应卢挚的深情。

山无数，烟万缕，憔悴煞玉堂人物。倚篷窗一身儿活受苦，恨不得随大江东去。

——朱帘秀《寿阳曲·答卢疏斋》

疏斋是卢挚的号，元人多用"斋"字做号，以表示整洁身心。但那段时间，卢挚的心哪里能保持清净澄明，早如一团乱麻，扰得朱帘秀也跟着丢了魂。

坐在画舫里四处漂泊游艺的朱帘秀，凭依着船头的栏杆，看着无数山峦从画舫的窗前闪过，看着山野人家升起的青烟，黯然销魂。她早过惯了到处漂泊的日子，哪曾想过自己令卢挚这个翰林英才为她挂心消瘦。她不知道是受宠若惊，还是应该伤心。坐在这船头心烦意乱，折磨的既是他又是自己。卢挚说他那边唯余下半江明月，自己又何尝不想成为江水，再次流到她的身旁，与她相守。

卢、朱二人隔着长江，一说一答，词曲里的情谊珠联璧合，现实的分离又苦得令江水发涩。水犹如此，情何以堪。古人相信，"两情若是久长时，又岂在朝朝暮暮"。其实情到浓时，希望的正是日日缠绵在一起。人们常说，短暂的分别是为了更长久的相见，然而又有多少爱侣因短短的一别而永世分离了呢？相见时难别亦难，别了之后再相见更为渺茫。如果相爱的两人身份有别，一个是高高在上的"玉人"，一个是青楼里的"俗人"，分别之后，则更可能成永世的分别。

现实果然不容人们往美好处设想。一年之后，朱帘秀回到扬州定居不走，但与卢挚的情却不了了之。数年之后，她的风采当然比不了新生代的角儿。她虽挂念卢挚，可已经身心俱疲。正在此时有一方外人士对她格外尽心，希望能与她相守到百年，这人便是钱塘的修道士洪舟谷。此后，朱帘秀与洪舟谷的确隐居起来，二人的爱情是否画上圆满的句号，历史上并没有记录，不过可以从关汉卿的行迹当中略知一二。

那时，关汉卿已经在外畅游数十年，他每到一处闻得什么事迹就会写下剧本。在他八十多岁的时候，关汉卿突然觉得累了，遂打道回府，途经扬州时偶然遇到了朱帘秀。当时的关汉卿已经成了老公公，朱帘秀业已嫁为人妇多年，两者相对无言，感慨万分。

听说四姐儿嫁了个洪姓先生，他对你可好？

朱帘秀只是点头，含泪不语。

这番相见时间并不长，很快关汉卿就归乡了。十年之后，一代名角朱帘秀、有文学家之称的佳人香消玉殒。朱帘秀的一生，留给了很多人美好的回忆，也给一些人留下了刻骨的伤痛。

"二十年前我共伊，只因彼此太痴迷。"这是洪舟谷在朱帘秀死前写下的诗句，如今再看，诗歌成了催泪弹，越品越是蚀人心魂。洪舟谷这两句话中似乎有两重含义：朱帘秀对卢挚久久不能忘情，而他洪舟谷对朱帘秀也是痴迷一生。

从某种程度而言，卢挚是个负心汉。当年他爱朱帘秀几欲死，可是后者回到扬州之后，他为何不再问津呢？也许士人太爱逢场作戏了，卢挚也是其中的一员。但卢挚是否也因无奈呢？自他离开了朱帘秀以后每写一曲，势必哀愁，四季之景在卢挚的眼中"阴，也是错；晴，也是错"。卢挚的辛酸不言而喻。为了这点，朱帘秀可以原谅他吧，因为世上有缘人很多，但有缘无分的人更多。

问君哪个是痴情者，不得不说洪舟谷应该比卢挚傻得多，他甘愿陪在一个女人身边，守了她二十年，这个女人到底爱不爱他，他到最后都说不清楚。一切怪只怪他们"太痴迷"，当时只道是寻常，回过头才知是枉然。

一个女人眼中的两个男人

　　元英宗至文宗年间（1321～1332年），朝廷翰林院中先后有两个非常出名的学士，一个是阿鲁威，另一个是王元鼎。前者是蒙古人，一心倾向汉文化，其偶像是写下《九辩》的宋玉；后者据说是汉人散曲家，也有人说其是西域人玉元鼎，后人笔误才给他换了名字。不管怎样，这两个人皆是饱读诗书的名士，至少他们的学识和内涵得到了朝廷的认可。

　　本来两人并不相熟，但是在一个女人的心目中，他们两个站在了同一个天平之上。这个女人便是当时的名妓郭顺时。元代前期三大杂剧、散曲的歌唱大家包括顺时秀、珠帘秀和天然秀。珠帘秀自然就是迷倒诸位剧作大家的朱帘秀，而顺时秀指的便是郭氏。

　　郭氏容颜秀丽，姿态娴雅，性格温柔可人，她所唱的闺怨剧流行于大江南北，轰动一时。阿鲁威对郭氏非常迷恋，只要

才子佳人

一有时间就到青楼里听她的戏，二人私下也常坐下来喝酒聊天，阿鲁威一心把郭氏当作红颜知己。有一次，阿鲁威听人说郭氏很欣赏翰林才子王元鼎，便去找郭氏问个清楚，想知道她到底喜欢谁，但是又不好意思开口，于是拐着弯地问："郭小姐，我写的词和王元鼎相比，你觉得谁写得好？"

郭氏哑然一笑，心知他要试探自己的心意，于是淡淡地道："如果要是比治理国家、整顿地方的能耐，自然元鼎是比不过大人了，不过若要言风花雪月、儿女情长，元鼎自然比大人懂得怜香惜玉多了。"阿鲁威听完一怔，随即哈哈大笑。郭氏这个回答，可谓绝妙了。如果说做大事，是他胜了一筹，这种夸奖对男人来说自然再好不过，哪个男人想被女人说成没有能耐。然而郭氏又说自己不懂怜香惜玉，看似贬低，实际上是怪自己太不解风情，看来她对自己还是欢喜的。

作为一个名满天下的歌妓，如果没有一张会说的嘴，如何能哄得男人开怀。妓女名伶们为了生活而出言讨好有权势的男人实属寻常，阿鲁威被郭氏三言两语给哄住，只能说他"英雄难过美人关"。古往今来，即便是再有胸襟的称霸者，依然在乎心爱的女子对他的看法。

阿鲁威身在官场，前半生可谓意气风发。他才学过人，仕途顺利，言辞间免不了豪兴胜人。可是他却偏偏喜欢战国浪漫主义诗人宋玉的诗，觉得宋玉的诗歌沉郁博大，内容厚而不冗，因而他自愿追随这种风格。不过，因为他是北方人，是以他的词曲里亦存在豪迈的风格。一半沉郁一半豪放，使阿鲁威的曲子"如鹤唳高空"，既动听，又能将人带到凌云之端，感受爽朗的气质。

　　问人间谁是英雄？有酾酒临江，横槊曹公。紫盖黄旗，多应借得，赤壁东风。更惊起南阳卧龙，便成名八阵图中。鼎足三分，一分西蜀，一分江东。

——阿鲁威《蟾宫曲·怀古》

　　阿鲁威的这曲《蟾宫曲》是怀古之作。但凡了解三国英雄人物，应该猜得到曲中前三句话所说的是曹操、孙权和诸葛亮三人。世间谁是英雄？作者首先让自己站在了赤壁之顶，睥睨天下，放眼千秋。苏轼当年的赤壁一歌推崇的是意气风发的周公瑾，然而，语调在急转直上后却于词尾萧条下来，道自己太多情，人生才会那般复杂。阿鲁威在《蟾宫曲》里却非苏轼对人生无常的感叹，而是品评历史名人。

　　曹操在历史上的正面评价要远远少于负面评价。窃国者、好战者，这样的名头追随曹操至死，后世很多文人也如此称呼他。然而其雄踞北方，横槊赋诗，"对酒当歌"，才情斐然，难道就不是风流人物吗？阿鲁威将曹操摆在了自己所写之曲的首位，可以看出他非常钦佩曹氏。除了曹操以外，三国还有许多英雄于赤壁之地留下了华丽的身影，诸如孙权。孙权于赤壁一战成名，占据江东之地，自然也有王者的风范。而卧龙先生诸葛亮更是个奇才，以八阵图困曹军，神乎其神；辅佐刘氏，将蜀国治理得井井有条，鞠躬尽瘁死而后已，同样也是人中龙。魏、蜀、吴三分天下，三人居功至伟，各不逊色。

阿鲁威在曲中的称赞忽然到此戛然而止，并无任何兴叹之语。其实，他是不想发出任何叹息，因他正面临人生最美好的时光，是该有所作为之时，所以他仅仅描述三国英雄的胸怀和业绩，无论历史给予他们何种褒贬评价，他们能在三国时代横空出世，必有其过人之处。阿鲁威只想效仿其一，一展自己的才华。

不写青青柳河畔的儿女情长，是阿鲁威一生曲作的特色，跟他比起来，王元鼎的柔情似水的确欠缺了男子汉大丈夫应有的旷达胸怀。

声声啼乳鸦，生叫破韶华。夜深微雨润堤沙，香风万家。画楼洗净鸳鸯瓦，彩绳半湿秋千架。觉来红日上窗纱，听街头卖杏花。

——王元鼎《醉太平·寒食》

王元鼎的这曲《醉太平》是他惯有的风格——温柔缱绻。农历三月初，也正是清明前的那段日子，人们称其为寒食节。刚刚出生的小鸦最爱挑这个时间放风鸣叫，宣告春天即将离开，夏日便要到来。经过一夜春雨润万物之后，花香深入小巷人家，唤醒了人们萌动的心。民间的人认为"春雨贵如油",其实不无道理,冰封大地之后,渴求水分的万物一得到点滴滋润,自然争先出土,一尝春天的滋味。在这种氛围下,不雅致的事物亦变得雅了起来。王元鼎甚至注意到了被雨水洗刷得晶莹剔透的楼上鸳鸯瓦,还有院中随风微微荡动的秋千。就在此时,被洗净的天际那边升起一轮红日,街头传来了叫卖杏花的声音。

"小楼一夜听春雨,深巷明朝卖杏花。"这是陆游的名句,被王元鼎化用成了《醉太平》的最后一句:"听街头卖杏花。"这一化用,令全曲瞬间发生了微妙的变化。有时候,后人在前人的诗词中常能觅得"芳草",放入自己的文章当中,成了文章的点睛之笔。

端从《醉太平》一曲,完全可见王元鼎曲子的迤逦柔美,他的文辞能博得郭氏的欢喜是很正常的。柳永、秦观、周邦彦之辈不也正是因为词作得好,才得到那么多美女的青睐。王元鼎写景的曲子有名,闺情词更是出色,郭氏是研究此类曲子的大家,当然会爱王元鼎多一点。不过,若是论起二人在政坛的作为,王元鼎的确没有阿鲁威强。

两人同在过翰林院,皆是官宦人士。阿鲁威亦未必总是仕途顺利,他也常有多愁善感之语,例如"断送离愁,江南烟雨,杳杳孤鸿"。但他的曲子始终充满了"水落江空""日暮江东"的豪气,在离愁别绪的怅然中,依然不减风采。这份坚强和决绝,王元鼎是望尘莫及的。

才子佳人

如此看来，郭氏对二人的评价竟是非常中肯。在一个女人的眼中，她的情人如能兼有阿鲁威、王元鼎两人的风姿便完美了，可是人总是不完美的。看古今多少风流人物，皆有稍逊风骚的时候，不过，文人名士们只要保持自己的风格和本色，总是有过人之处。即便没有阿鲁威的肝胆，有王元鼎的明丽同样不错。人不是在为别人而活，而是在为自己博得一片可供栖息之地，男人们如果不是各有特色，怎能让女人终日挂心，为他欢喜为他忧呢？

千古谏臣以魏徵为最，宋代能望其项背的恐怕也就只有寇准，到了元朝政治混沌时期，要出现诤臣并不是件容易的事情，不过也不是不可能。元世祖忽必烈还在位的时候，谏臣王恽虽非蒙古人，却得到了世祖的倾心信任。非但如此，王恽还是裕宗皇太子真金和成宗皇帝的辅佐重臣，也是他们的老师和朋友。

数十年经历三朝更迭，王恽已经成了国家元老级别的重臣，他却从不敢怠慢，始终尽最大的努力来扭转世态的不平，一生刚直不阿，清贫守职，好学善文。王恽的这种性格跟他本身豁达、积极、严谨的品性有关，另外可能也是受了文学大家元好问的影响，后者曾是王恽的老师。

元好问是个书香富家子，年轻的时候生活优越，满腹才学，经历金元变动之后，性格就变得格外谨慎、正直、廉明。经历了长久的苦难时代，人往往变得成熟，也会影响其后的行为方式。王恽承继了师父的为人处世风格，所以刚当上监察御史，就开始整治各地的贪官污吏。

当时负责水利的中央级官员刘氏，利用治水导河之便，贪官粮数十万石。王恽派人明察暗访，终于得到刘氏监修太庙从中偷工减料中饱私囊的证据，遂上疏弹劾他。刘氏做贼心虚，担心被皇帝砍了脑袋，竟抑郁成疾，一命呜呼了。

至元二十六年（1289 年），王恽时任少中大夫、福建闽海道提刑按察使，不但上疏要求选拔人才到沿海填补地方职能空缺，还撤了四十多名贪官污吏的职，将文武精通、耿直清廉的人一一推上正职。后来有地方百姓请他吃饭，他一看到山珍海味竟然哭了，回家之后就写了一封谏书，希望皇帝能免租，让人们生活更富裕一点。皇帝在不久之后就批准了。

王恽做的事情，大多数都能得到皇帝们的支持，官路可谓一路亨通。他终年七十八岁，到死都受到元王朝的尊重。也难怪他写的词曲，抛却了景、人的因素，总有豪情万丈。

苍波万顷孤岑矗，是一片水面上天竺。金鳌头满咽三杯，吸尽江山浓绿。

蛟龙虑恐下燃犀，风起浪翻如屋。任夕阳归棹纵横，待偿我平生不足。

——王恽《黑漆弩·游金山寺》

微风不定，幽香成径 元曲

此曲是王恽到金山一地所写的，前曲是站在金山上描写江水，后曲则是乘船后对沧浪的感叹。

金山是江苏镇江西的一个小岛，位于长江边上，金山寺自然就在此处。说起这个寺庙，让人立刻想到白娘子的"水漫金山"一事。王恽来到此处，目的是游金山寺，但他的曲中几乎没有关于寺庙的描写，也没提到白、许的故事，而是立于小山之上，望万顷碧波，看天高水远，想象自己身置于天竺圣地。

登临高处，人的胸襟会不由得变得旷达，曹操观沧海、苏轼看赤壁，皆是胸涌豪情。王恽自然也想如古人一样，做次"一尊还酹江月"的洒脱事情。不过他没有将酒水便宜了江水，而是痛饮数杯，恨不得自己有神鳖的海量，将江山绿川连同酒水一起"吸尽"。吞八荒并六合的气势，自古便是人们最向往的，王恽被风物所撼，豪情自然就遏不住了。

黑碣尖翘，水浪滔天，如同被蛟龙翻倒。王恽在后曲的开篇用了"蛟龙恐燃犀"的典故。据《晋书·温峤传》记载，温峤到长江西北的采石矶，听说矶下的水深不可测，有蛟龙等怪物，于是点燃犀角观察，果然见到了类似蛟龙的怪物。那怪物怕燃烧的犀角，吓得翻腾不已，搅起了滔天大浪。王恽看着眼前翻腾的沧浪，禁不住想起了这个典故，游兴更盛。

轰鸣的大浪让许多船调转离去，王恽却执意乘船迎浪而上。他当然不是为了冒险，而是游乐的情绪蓬勃不已，不肯回头。他认为，人生就应该知难而进，在游玩的时候要趁着兴致不减

才子佳人

时寻求刺激，在做事业的时候要趁着还有激情时忙碌不止。人生没有风险，哪来的成就呢？人们总是强调抓住机遇，机遇其实伴随的正是风险。王恽对这个道理的领悟，比今人不知早了几百年。

在王恽一生的事业当中，大多本着机遇与风险并存的观点。元王朝将人分出三六九等，对汉人尤其诋毁。他却经常向皇帝递上奏折，谏帝王"礼下庶人，刑上大夫"。《礼记》有种说法"礼不下庶人，刑不上大夫"，意思就是说庶人没有资格受到礼遇，士大夫级别拥有特权不受刑。但这一套在王恽心里偏偏调转过来，他所提倡的是"王子犯法与庶民同罪"。在元王朝并不算开明的政治条件下，王恽可谓吃了熊心豹子胆，丝毫没有惧色，坚持自己的主张。也正因如此，才有很多人惧怕他，而元朝前期的几位比较明智的帝王对他礼遇有加。

一个有原则的人，往往会使他人肃然起敬。这样一个刚直的人物，在官场里混迹多年而没有遭到陷害，的确是个奇迹。

久经仕途，在外游宦多年的王恽又一次到了江南。从前游的是金山，这次则来到了江南水乡。他本想继续豪迈放歌一曲，说说自己在事业、为学、人生上的志向和体会，却发现水乡里的景象似乎调动不了他的激情，反倒是水上采莲女们欢快的模样吸引了他，让他的心顿时变得柔软起来。

采菱人语隔秋烟，波静如横练。入手风光莫流转，共留连。

画船一笑春风面。江山信美，终非吾土，问何日是归年？

——王恽《平湖乐》

不知道是不是地域的原因，人们一说到江南，总会提起"采莲女"，作诗也好，写词曲也好，写小说也好，用"采莲"作文章的可不在少数。李白的"若耶溪旁采莲女，笑隔荷花共人语"；欧阳修的"越女采莲秋水畔……照景摘花花似面，芳心只共丝争乱"。王恽未能免俗，也摘了文坛上的这株莲花，他的《平湖乐》没有了滚滚碧涛，而是静波水烟。

水上腾升的烟波如白练一般，在朦朦胧胧中隐约能听到采莲女们的笑声。她们探出纤手，撷下一株莲蓬，虽然因为江雾的关系，王恽看不她们甜甜的脸蛋，但依然能感觉到她们的美。单听得船中传出她们的笑声，就令他如沐春风了。

此处美景之胜，本应让人乐而忘返，可是王恽却突然伤感起来，对所有景致失去了兴趣，反而思念起北方的家乡，不知离开多年的家乡变成了什么样子。此处正是"萧索更看江叶下，两乡俱是宦游情"的真实写照。越是胜景，越发激起人的乡情。乡愁，化作了莲女手中那小小的莲蓬，离开了植株，采莲人的高兴却是莲子离开母体的悲哀。王恽的伤感，估计由此而来。

自江南游宦归京之后，正逢成宗皇帝生日，王恽没有送上珠宝、玉帛，只以长达十五篇的"赤胆忠心咒"：《守成事鉴》，劝诫帝王应勤劳思政、治国安邦，并一一讲出为政对策。成宗

才子佳人

念他赤诚，特别封他为通议大夫。可不久之后，王恽就像他在江南水乡里所流露的情绪一样，思乡情切，便隐退回到家乡汲县，在那里度过晚年。

时光匆匆而逝，那一夜，王恽的陋居里长灯熄灭，皇帝再派人去探望这位老臣时，只看到茅屋门外挂着一条白色的祭绫随风飘动。

得知王恽老死乡间的噩耗，皇帝心痛异常，送了王恽"清明"二字作为谥号。这二字对身在泥淖却如青莲出水的王恽来说，应担得也担得起。古有"鞠躬尽瘁，死而后已"的忠肝义胆之臣，王恽用一生实现了他的这句话，称得上无愧于天地。

响当当的铜豌豆

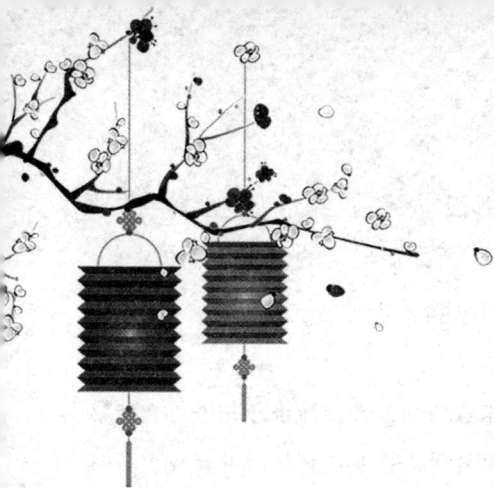

　　品评过无数文人的中国国学大师王国维在讲到关汉卿的剧曲时说："关汉卿一空倚傍，自铸伟词，而其言曲尽人情，字字本色，故当为元人第一。"如果说，元代有人能完全用真性情去体会生活、书写生活，那么这个人必然是关汉卿。后人称关汉卿为"东方的莎士比亚"，言下之意便是说他在用灵魂倾听世界。

　　一个能写出好剧本的人绝对不是一个脱离生活的人。大多数的史实记载，关汉卿生活在 1300 年前后，号一斋。他与马致远、王实甫、白朴并称为"元杂剧四大家"，并且位列"元曲四大家"之首。这个在历史上连生死时间的确切记录都没有的人，一生都在漂泊中度过，不知从何时悄然闻名大江南北，也不知何时完全遁迹江湖。但可以肯定的是，他在人世间经历了各种生活体验，终于成就了这样一个剧坛大家。

才子佳人

生活经历的扑朔迷离，并没有令关汉卿本人的性格变得难以揣测，相反，他个性十足，而且在当时的文坛上别树一帜，这在他的套曲《一枝花》里可以明显地看出。

【梁州】我是个普天下郎君领袖，盖世界浪子班头。愿朱颜不改常依旧，花中消遣，酒内忘忧。分茶㩻竹，打马藏阄，通五音六律滑熟，甚闲愁到我心头？伴的是银筝女，银台前、理银筝、笑倚银屏；伴的是玉天仙，携玉手、并玉肩、同登玉楼；伴的是金钗客，歌金缕、捧金樽、满泛金瓯。你道我老也，暂休。占排场风月功名首，更玲珑又剔透，我是个锦阵花营都帅头，曾玩府游州。

【隔尾】子弟每是个茅草岗、沙土窝、初生的兔羔儿，乍向围场上走；我是个经笼罩、受索网、苍翎毛老野鸡，踏踏的阵马儿熟。经了些窝弓冷箭蜡枪头，不曾落人后，恰不道人到中年万事休，我怎肯虚度了春秋。

【尾】我是个蒸不烂、煮不熟、捶不匾、炒不爆、响当当一粒铜豌豆，恁子弟每谁教你钻入他锄不断、斫不下、解不开、顿不脱、慢腾腾千层锦套头。我玩的是梁园月，饮的是东京酒，赏的是洛阳花，攀的是章台柳。我也会围棋、会蹴鞠、会打围、会插科、会歌舞、会吹弹、会咽作、会吟诗、会双陆。你便是落了我牙、歪了我嘴、瘸了我腿、折了我手，天赐与我这几般儿歹症候，尚兀自不肯休。则除是阎王亲自唤，神鬼自来勾，三魂归地府，七魄丧冥幽。天哪，那其间才不向烟花路儿上走。

——关汉卿《一枝花·不伏老》

此曲字字珠玑，精彩异常，逐字逐句都是关汉卿个性的体现。在《梁州》的起首，关汉卿便自夸"普天下郎君领袖，盖世界浪子班头"。历史上敢于吹嘘自己是俏郎君，而且事事皆会的，除了汉代的东方朔以外，也就只有关汉卿如此"大言不惭"。然而，当时的很多文坛中人都说关汉卿的确风流倜傥、博学多才，无论吟诗、吹箫、弹琴、舞蹈、下棋、打猎等，无一不精，而且是当世的脱口秀第一人。因此回过头再看"梁州""隔尾""尾"这三段唱曲中关汉卿自夸精通各种技艺，应该不是吹嘘。

关汉卿原本家学从医，曾在皇家医院任职，给皇上、娘娘们诊过脉、熬过药。他天生聪颖，学任何事情都一点就透，可偏偏对医学就是提不起兴趣，反而爱上了写剧本，天天在外游荡，厮混在各地的秦楼楚馆，和妓女乐师成了朋友，与戏子们喝酒吃饭，唱自己喜欢唱的歌，表演迷倒万千世人的戏。元末剧作家贾仲明说关汉卿是"驱梨园领袖，总编修师首，捻杂剧班头"。此话可以说是对关汉卿最大的恭维。"梨园"是古代戏剧班子的总称，汉卿被说成是班子领袖、编剧一行最高领导人，这般的评价其他剧作家是得不到的。

关汉卿之所以从事剧本写作而放弃医术，可以说是个谜。

一来可能是他真的没兴趣当医生，毕竟每个人都有自己的志向和爱好，如果循规蹈矩地按照家庭的安排成为医生，人生就变得中规中矩，关汉卿认为就这样活到老会满腹牢骚；二来大概他也有几分鲁迅那样的想法。鲁迅学了十多年的医学，突然改投写文章一途，他的想法是单纯医治中国人肉体上的创伤并不能改变人们受压迫的事实，必须从精神上医治中国人。关汉卿未必有这么明确的意图，但不影响他一门心思扎进了市井、乡村，写人们的喜怒哀愁，暴露社会最底层的黑暗。他笔下的每个人物，特别是女人们，正直、善良、睿智，面对惨淡的现实和命运的捉弄，从未低头敛眉，即使是死亡。

因为有既定的生活目标，关汉卿弃医从文的信念更加坚定，在生活上也更加放纵自己。他的红颜知己朱帘秀也曾劝过他不要那么玩世不恭。关汉卿是个灵秀的人，本应有大好的前程，偏偏捡了风流子弟的头头当，家人恐怕要失望了！

朱帘秀一面劝说，一面给他倒酒。

关汉卿听了这话哑然失笑，原来如四姐儿（朱帘秀当时在班子里排行老四）这么聪敏的女子也不了解他，难道当个大夫就一定比当个戏班头子强吗？若是成了医生，总能济世救人还好，若是医死人便糟了；而写戏是娱乐群众的工作，绝对不会闹出人命。关汉卿淡笑不语，叫朱帘秀拿来纸笔，遂写下了上面这套曲子《一枝花》，并将之送给了朱帘秀。

在《一枝花》的套曲中，最精彩的部分要数"尾"曲的前两句，关汉卿自称"铜豌豆""千层锦套头"，言下之意自己又硬又韧，谁也管不了，谁也劝不了，个性十足。他身在勾栏，周边美女如云，可却并不爱人间情事、风花雪月。他只爱吹拉弹唱，在烟花寨处留下自己的才情和风格。他希望人们通过他的笔和戏，看看这世界疯狂到什么程度。如果有人要迫他闭嘴，就算打断他的腿脚、打歪他的嘴巴、毁他的容，只要他还能表达自己的意思，就绝对不会放弃。除非是"阎王亲自唤，神鬼自来勾，三魂归地府，七魄丧冥幽"，他才能闭上自己的嘴。

关汉卿并不是在浪费青春年华到处拈花惹草，而是用自己的话惊醒这个尘世。他的信念在字里行间已经言之凿凿，朱帘秀也不好再说他，反而被他的逗趣和坚持感动，将《一枝花》的曲子和词仔细收藏起来。

几千年来，言明志向的大家不在少数，但能像关汉卿这般"我本楚狂人，凤歌笑孔丘"的狂和嬉皮的人却很稀少。他生性不羁，对不平的现实社会不满，但他也心存同情，怜悯苦难的芸芸众生。他自知没有高明的医术可以悬壶济世，不过他却用犀利的笔锋来拯救世人。

莎士比亚曾说："若是一个人的思想不能比飞鸟上升得更高，那就是一种微不足道的思想。"关汉卿虽然处于社会最底层，但他的灵魂达到了他人难以企及的高度，这可能也是他被称为"东方莎士比亚"的最大原因。

才子佳人

枭雄仍旧是凡人

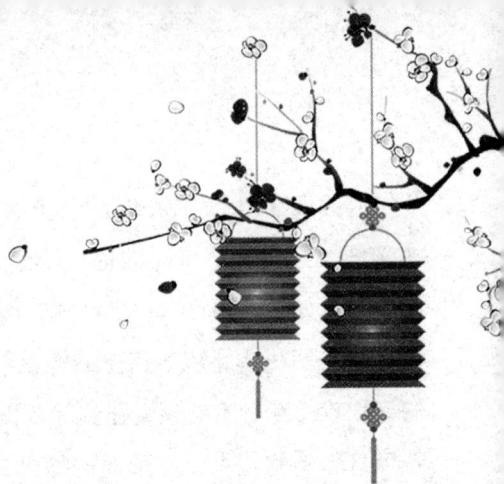

如果是开国功臣、身居要职，或位高权重、皇帝青睐，又或屋有重金、娇妻美妾，人生当中具备这些条件当中的任何一项，就足以过着美满的日子，而伯颜一人就将这些条件尽享。

伯颜生于蒙古四帝国之一的伊利汗国，是蒙古巴邻氏后裔，他的祖父阿拉黑、祖叔父纳牙阿都是成吉思汗的开国元勋，他的父亲晓古台和他本人臣属成吉思汗幼子托雷家族。想当年托雷做监国时，就注定了伯颜的家族在元帝国中的不平凡。一次偶然的机会，伯颜入朝给忽必烈奏事，结果忽必烈一眼就看出他以后必成大器，将其留在身边。不久，伯颜便先后升为中书左丞相、中书右丞相、同知枢密院事，专司主持伐宋的军政要事。1273 年，忽必烈汗任命他为伐宋的最高统帅，与左丞张弘范兵分两路攻打南宋。陆秀夫与宋朝的小皇帝跳海，宣告了以伯颜为首的蒙古南伐军大获全胜。

甩鞭下马，伯颜大踏步走进了位于临安的南宋皇宫，两侧

微风不定，幽香成径　元曲

铁甲兵以整齐的步伐跟在他的后面，轰鸣的脚步声响彻殿霄，盔甲明晃晃的光泽为瓦片染上了一层雪色。蒙古军当时的意气风发，怎能用语言来形容。当晚，伯颜便命人大摆宴席，与张弘范举杯同庆。

金鱼玉带罗阑扣，皂盖朱幡列五侯，山河判断在俺笔尖头。得意秋，分破帝王忧。

——伯颜《喜春来》

酒过三巡，兴致所至，伯颜忍不住唱了起来。"对酒当歌，人生几何"，曹操酒后慷慨陈词，伯颜也想尝尝这种爽快的滋味。位极行中书省丞相之职的伯颜，人生得意在所难免。在这曲《喜春来》当中可看到他之所以得意非常的原因：腰缠玉带悬金鱼配饰，出入身穿紫气东来袍，乘的是一品大臣黑盖红幡车，笔尖所写的是主宰大好河山未来去向的文书，谈吐运筹帷幄，行走迅疾如风，生平不做他事，专为帝王解忧。此等业绩，伯颜当然有理由大谈特谈。

张弘范坐在一旁听得热血上涌，忍不住也跟着迎合一曲：

金装宝剑藏龙口，玉带红绒挂虎头。绿杨影里骤骅骝。得意秋，名满凤凰楼。

——张弘范《喜春来》

才子佳人

看元帅伯颜一副自豪的模样，张弘范也以《喜春来》为牌子作了此曲，他说自己不但有玉带、红绒，还有宝剑和代表军威的虎头配饰在腰间，行头上也不输伯颜。想当初他在崖山海域与宋将张世杰对阵时，张世杰据崖山天险，以守代攻，张弘范遂封锁住了海口，切断了宋军淡水的来源，硬是将宋军围困击败。看着宋丞相陆秀夫背着幼主赵昺跳海而死，张弘范将南方海域悉数平定，甚至还在石壁上刻了"镇国大将军张弘范灭宋于此"十二字，名满"凤凰楼"。"凤凰楼"地处武则天的故乡，弘范用它来指代天下，意思是说自己已经名扬大江南北。

伯颜听出张弘范话中的意思，对他颇为不屑。张弘范逼得陆秀夫和宋室幼帝一老一弱跳海而死，伯颜不认为那是大丈夫该有的作为。他伯颜一生最重视的并不是名誉和富贵，而是如何管理这偌大的疆土，为帝王分忧。成大事者不仅要有一颗骄傲的心，更要有广阔胸怀和深远思想。

"得意秋，分破帝王忧。"得意之际，绝不能忘了自己护国的重任。伯颜灭宋之际，始终都在想方设法为元王朝拉拢人才。当初元兵俘虏宋朝名臣文天祥，伯颜是蒙古将领中唯一主张力劝文氏投降的人。文天祥乃治世之才，如果忽必烈能得到此人相助，相信蒙古江山会更加稳固。此时的伯颜不但有眼光，而且能做到不嫉才，在元人当中难能可贵。不仅如此，在他劝文天祥时，被后者骂得狗血淋头，他却毫无怒色，这份胸襟与他在曲子中所展露的气度如出一辙。

微风不定，幽香成径　　元曲

蒙古人南下灭宋，伯颜可以说是第一个迈出铁蹄的人。虽然在宋人看来伯颜是个负面角色，但如果站在历史的角度，只能说各为其主，他在自己的职位上，做着他该做的事情，无关是非。他是元朝的一代良相功臣，与过往朝代开国功臣的畏首畏尾截然不同，他并不怕帝王的猜忌，因为他坚信自己始终忠心护国，不仅如此，他与帝王结下了深厚的友谊，互为知己。作为开国元勋，就当有他的恢宏气魄，无论谈吐行动都能做到来去自如，毫无遁世、厌世之气。在偌大的元王朝里，四处都是退隐之声，而他的《喜春来》却成了一反隐退的声音，令人浑身一震。

宋灭之后，伯颜随忽必烈南征北战，曾平叛王乃颜之乱。乃颜本是成吉思汗幼弟铁木哥斡赤斤的玄孙，为元朝蒙古宗王。忽必烈给他大面积的封地，为他建立行省，施行地方自治。但乃颜仍不知足，勾结成吉思汗的两个弟弟哈撒儿、合赤温的后代势都儿和胜纳哈儿、哈丹秃鲁乾等人，举兵叛乱。

伯颜与忽必烈的爱将玉昔帖木儿一上阵，将叛军打得屁滚尿流、仓皇而逃，回京之后两人分别得到嘉奖。伯颜在两年后遂升为同知枢密院事。由于元江山未定，时有叛乱发生，伯颜一直奔走于战场。一生过于直顺的伯颜，从未想过有朝一日自己会遭到谗言之害。一些朝臣以"将在外，君命有所不受"的罪名在元世祖忽必烈面前大说特说，令忽必烈心生疑窦，忽必烈左思右想，生怕再有变乱发生，决然将伯颜罢职。世祖死后，

才子佳人

铁穆耳即位，立刻将伯颜官复原职，但此刻已是"廉颇老矣"，一身病痛的伯颜无力再上战场，于第二年病卒家中，被追封为"淮安王"。

淮水历来是元朝认为最重要的南北水域、气候分界线，军事意义非凡，以"淮安"二字作为伯颜的谥号，说明帝王肯定了他一生的丰功伟绩。

伯颜是战场上的枭雄，做好了马革裹尸、客死异乡的准备，对军人来说这是最有尊严的死法。虽然他很想实现这个愿望，但命途的波折并没有给他机会。不过，伯颜死后被大肆追封，证明他是个真正的军人，元初第一将的名号当之无愧。如果伯颜能再于尘世走一遭，回忆往昔何事最销魂，当然还是他刚打下宋氏天下后在盛宴上大唱《喜春来》的时刻，人生的意气风发全在雕梁画栋间徘徊；还有那些打了胜仗班师回朝的时刻，他从未想过居功至伟，随身只带破行囊衣被，上朝时军服破败，俯身跪地不求名，但望安定元江山。

功、名集于一身，还有什么不知足呢，即便死去也可以安心闭上双眼。人生一世，从何而来，复归何处，俯也是死，仰同样是死，走到最后始终是要躺下来谦卑躬身地结束。什么都拥有过的伯颜什么都不怕失去，结束得很淡然，也很坦然。

　　　　　　微风不定，幽香成径　　　元曲

君王曾赐琼林宴，三斗始朝天。文章懒入编修院。红锦笺，
白芷篇，黄柑传。学会神仙，参透诗禅。厌尘嚣，绝名利，近林泉。
天台洞口，地肺山前，学炼丹。同货墨，共谈玄。兴飘然，酒家眠。
洞花溪鸟结姻缘，被我瞒他四十年，海天秋月一般圆。

——张可久《骂玉郎过感皇恩采茶歌·为酸斋解嘲》

帝王为其设宴，文曲星为其引路，享尽了荣华富贵，却对
这些视如敝屣，宁可远尘嚣绝名利，入山林与花鸟同眠，求仙
问道为归路，此人便是元朝一代奇葩贯小云石海涯。张可久在
忆起这位至交好友时，对其才情和一生的作为既佩服又感慨，
为他可惜又为他庆幸，于是写下了上面这曲《骂玉郎过感皇恩
采茶歌》，一面纪念刚刚离开人世的贯小云石海涯，一面也回忆
二人相识多年来的往事。

才子佳人

贯小云石海涯又名贯云石，号酸斋，1286 年出生于元大都西北郊高梁河畔一个维吾尔族人聚居的村子。因家庭声名极其显赫，可以说他是在众星拱月的环境下长大的。贯云石的父家是武将出身，父辈众人皆在南方担任军政要职，母亲廉氏则是名儒廉希闵的女儿。廉氏的叔父廉希宪曾任元朝宰相，被元世祖尊称为"廉孟子"，廉家另外亦有显赫的文士才子频出。幼年时期的贯云石常随母亲住在廉家的"廉园"，一面学武一面修文，在文武双重的熏陶下，很快便成为潇洒的好男儿，儒、侠二者集于一身。

父亲死后，贯云石直接继承了爵位——两淮万户达鲁花赤，此官职位居三品，握有兵权，下统十余万百姓和近万名将士。不仅如此，当时朝廷内握有重权的人皆多次举荐他，元英宗特许他为太子玩伴，意思即是将他作为辅佐未来君王的班底。

权财皆在眼前，贯云石理当意气风发，可他在家乡整顿军纪、训练兵马之际，越发觉得这样的生活不适合自己。他厌恶战争和杀戮，想有所作为又不希望通过武力实现，但他却是个军人，不可能实现不溅血的仕途，只有专心修习文学，才能让心灵得以净化。他听说京城姚燧姚大学士的学名显赫，人格亦是上上品，决定拜入姚燧门下，于是毅然决然将爵位让给弟弟，进京拜访姚燧。

弃微名去来心快哉，一笑白云外。知音三五人，痛饮何妨碍，

微风不定，幽香成径　　元曲

醉袍袖舞嫌天地窄。

——贯云石《清江引》

陡然放下家庭的重担，贯云石顿觉全身轻松，云淡风轻。这首《清江引》是他真实心情的写照，也言明了云石的毕生志向，只愿觅得"知音三五人"，同袍同饮，把酒言欢。喝醉了之后舞袍弄袖，大跳醉舞，任意挥洒衣袍，天大地大，有不尽的空间可以任他施展，不必再受任何束缚。

人心已宽，便可容纳万物。在"廉园"居住的时候，贯云石结识了赵孟頫、程文海等当世显赫才子，拜在姚燧门下后，也结交了许多才高八斗之人。他与这些人常常到山林里徜徉，谈论诗文，对饮欢歌，乐而忘返。甚至连姚燧都与贯云石从师徒变成了好友，二人常坐在一起争论问题，下棋喝茶，均引以为人生最大的乐趣。姚燧生性严谨，鲜少夸人，对贯云石的文辞却赞不绝口，认为他有古乐府的风韵，无论是写诗词还是做人，皆玲珑剔透。

元仁宗即位不久（1313年），年仅二十七岁的酸斋进入翰林院成为侍读，升为皇帝的直属秘书，专门提供治国见解，参与制定国家政令。元朝的统治者在选取翰林贤臣上格外重视，基本由皇帝钦点，即使皇亲国戚，没有真才实学的人依然无法走近皇帝身边说话。翰林院负责整理国家的政策等史料，影响千秋万载之后的名声，仁宗格外重视这一点，还亲自委任贯云石为维吾尔族第一翰林学士。

获此殊荣后，贯云石不可能无动于衷，于是积极参政，直言敢谏，大有前辈王恽的风采。正当此时，仁宗想借儒家学说来控制民众思想，萌生了恢复科考的想法。此刻贯云石正在教导太子读书，领会了仁宗的意旨，便与身居翰林承旨一职的好友程文海一起筹备恢复科考的条令。他们主张恢复宋代科举制，选拔人才不拘一格，仁宗表面上点头，却根本没有实际举动，贯云石大失所望。不久，姚燧的辞官隐退给了贯云石很大的刺激，他更加认为没必要再待在朝廷。

在贯云石尚未提出辞官时，一些极力反对恢复科举制度的人站了出来，暗中陷害贯云石，说他妖言惑众、愚弄东宫，想左右元王朝未来的走向。仁宗虽然没有相信谗言，贯云石却闻讯惊恐，暗道原来当个文官比武将还要惊险，在沙场上明枪易躲，在官场上暗箭却是难防。如果宫廷里再出现政治斗争，根本不是自己一个区区翰林学士能承受得了的。贯云石的担忧并不是无凭无据的。

元武宗、元仁宗即位之前，宫廷内就发生过夺位溅血事件，例如武宗即位时，曾拥立过安息王阿难答为皇帝的铁木儿、阿乎台等人皆被处死；仁宗即位之后也是排除当年曾反对他做皇帝的人。贯云石在当翰林学士期间，曾进"万言书"批评仁宗对"八百媳妇国"和吐蕃用兵，又曾讲过太子言行不正的"坏话"，这些都是有心人可以拿来陷害他的话柄。贯云石心知只要有人想置他于死地，他很容易就会被扳倒。思来想去，越想越觉得凶险，贯云石便辞官退隐了。小小的翰林一职，他仅仅当了一年而已。

仁宗延祐二年，贯云石避居杭州，在这里建起了属于自己的陋居，仿效陶渊明过着独自耕田的闲适生活。可每至午夜梦回，依然对当年在朝廷经历的那场"恢复科举风波"心有余悸。

竞功名有如车下坡，惊险谁参破！昨日玉堂臣，今日遭残祸。争如我避风波走在安乐窝。

——贯云石《清江引》

此首《清江引》与上首同写于酸斋旅居杭州之际，然而上一首的情感潇洒淡然，似乎还存有年轻人的洒脱与快活，与他刚让爵给弟弟时的情绪极其切合。但再看这首《清江引》时，却明显能看到他内心的凋零，归隐只为寻得片刻的安乐。

竞逐功名如同车下陡坡，凶险异常，弄不好一头扎进沟里，摔得浑身是伤，更有可能粉身碎骨、一命呜呼，叫人惊悚。身在官场也是一样，凶险不是简单可以参透，也许前一刻还是朝堂里的机密要臣，下一刻已中暗箭，横死牢中，还不如像他一般远远地逃开，寻找一个可居之所。此曲的末尾一句，可看出云石对世间的名利完全参破。

现实而又无奈的叹息之语，是贯云石沉迷于显贵生活之后

才子佳人

的"顿悟"，其中不乏那些不足为外人道的心酸。不过，他能及早抽身去寻求避居乐趣，却也是极为明智之举。而且恰恰是因为他避居江南杭州，在那西湖堤畔上度过了他的似水年华，使他不断找到文学上的灵感，才攀上了书写词曲的高峰，令他的曲子灵秀清新，内容生动自然，唱起来朗朗上口；也是在这绿野山川中，贯云石参透了武修的至境：止戈终生，静以养性。

潇洒风尘客

身陷七情六欲的人不能自拔，自然身处欲界，被世事的烦恼所叨扰。如何令自己走出迷乱的人生，唯有出入随缘。入则在人世好好地活着，出则到山野中寻找意趣，人生的路总是由自己来走，不必为了追求『得不到』而太匆匆。

不如归去，不如归去

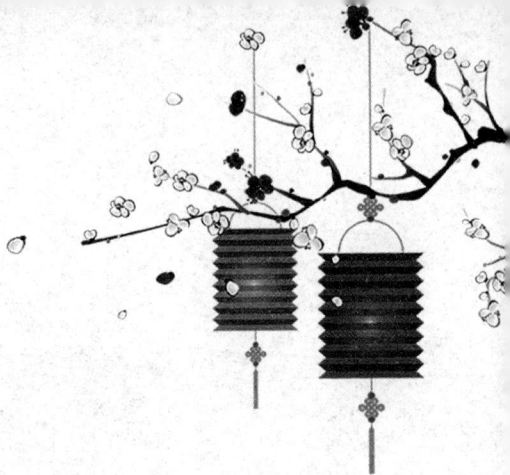

白朴，一个扑朔迷离的传奇文人。作为"元杂剧四大家"之一的他，有着不为人知的悲情人生，而在离开人世时，也有别于芸芸众生。看他的《墙头马上》一剧，里面充满了对人世美好的坚定信念；再看他的《唐明皇秋夜梧桐雨》一剧，却折射出他多情悯世的一面，究竟哪一个是真实的他，也许两者都有吧。

出身官宦世家的白朴，其父白华是金宣宗时期的枢密院判，后来改投宋氏，蒙古人统一全国之后，父亲又做了元朝的官。古有"臣节"一说，忠臣不事二主，白华被逼无奈在几个王朝的士林中摇摆，却也被士林所不齿，加之他又不被朝廷倚重，因此总是自怨自责，心理压力极大。白朴就是在这种状态下出生的，自幼就终日对着愁思满面的父亲，他的心灵留下了浓重的阴影。

微风不定，幽香成径　　元曲

白家是元初文坛上享有盛名的文学世家，白朴的仲父白贲虽早夭，却已有诗名在外，而多才多艺的元好问更是白华的好朋友，对白朴格外喜爱。金灭亡时，汴京城破，白华与妻儿失散，蒙古兵进城大肆劫掠，导致白朴和姐姐与母亲分离，幸而元好问及时赶到，救下白朴姐弟二人，带着他们四处奔逃，生活极为艰辛。

　　元好问对白家姐弟视如己出，在白朴身染瘟疫、生命垂危之际，元好问抱着他数夜未眠，直至他浑身发汗病愈，元好问才昏倒在地。对于这个无亲无故的"父亲"，白朴始终铭记于心，无论是从品行还是文学上，均极力向元好问学习。看到白朴如此聪颖灵秀，元好问亦同样对他悉心栽培，在读书、为人处世方面格外用心地去培养他。

　　元太宗九年（1237年），十二岁的白朴被元好问送回了父亲白华身边。白华欣喜若狂，感到十年恍如一梦，没想到有朝一日还能见到失散多年的儿女，漂泊多年也是值得。白朴就此在北方真定城安居了下来，成为当地很有名气的少年才子，很早就被朝廷启用。他刚一做官就萌生退意，因为当年蒙古兵夺他家产，伤害他的亲人，这使他对元统治者深恶痛绝，他更不解的是为何父亲仍甘愿屈于元朝的淫威之下。面对这满目苍凉的山河，他伤心欲绝，只想甩手离去。

知荣知辱牢缄口，谁是谁非暗点头。诗书丛里且淹留。闲袖手，

潇洒风尘客

贫煞也风流。

——白朴《阳春曲·知几》

半生荣辱，早已看得清楚，只不过不想说罢了，谁是谁非，暗自琢磨，即便能辨别出对错又怎样，他改变得了现实吗？父亲的一生命运多舛，亦父亦师的元好问同样坎坷颇多。虽然白朴年纪轻轻，却在《阳春曲》中早早地显露出看破红尘的绝望。对一切彻底地看透，毫无期望可言，白朴当是怎样沉重的心思。此曲的风格亦如他的字"太素"一样，充满了沧桑的意味。

白朴原名恒，字仁甫，父亲大概是想让他的品格保持如一，人生和仕途皆能顺利。但他却自改名"朴"，并起字为"太素"。人心如字，简单可见，白朴不希望尘世的俗气玷污了自己的人格。

他深知身在官场，不能道破仕途的潜规则，只能放开名利，去读书写诗，与经史做伴，在文丛中讨口饭吃。于是，他毅然放弃了官位，回到家中告别了父亲，四处游历，偶尔为梨园的名角写些剧本，为自己换得口粮。

在民间游历得多了，对社会便了解得更加深刻，白朴的学问日渐增长，因此，他成为当世不可多得的名士。此时正逢元世祖欲广纳人才之际，有很多人都举荐白朴入朝为官。就在这时，元好问的死讯陡然传到白朴那里，令他更加感到世事无常，抽身官场是多么明智的决定。再说这些年来，他之所以如此极力避开仕途、缄口不语，其实也是为自己免祸，不想因为做官之后受到他人的诽谤和非议，落得身败名裂，不如带着好名声纵横江湖，还乐得逍遥。

张良辞汉全身计，范蠡归湖远害机。乐山乐水总相宜，君细推，今古几人知。

——白朴《阳春曲·知几》

白朴产生退却的想法，皆有前人给他做榜样。汉时的张良辅佐刘邦平定天下之后，立刻全身而退；范蠡助越王灭吴之后远离江湖。二人皆知纵使是再大的功臣，一旦遭到主上的猜忌，足以叫他们跌入万劫不复之地。聪明的人就应该识时务，趁早隐退，乐山乐水总比看恶人恶相来得好。"狡兔死，走狗烹。"如此浅显的道理，仍是有许多人无法参破，但白朴再不想牺牲于此。《阳春曲》所写的，便是白朴内心最真实的想法。

在白朴屡次推脱不入朝之后，担任河南路宣抚使入中枢的史天泽仍极力推荐他，白朴深感不妙，于是立刻离开真定城，弃家南游，从此过上了放浪形骸、寄身山水的生活。但他一想到家中的妻子，便觉肝肠寸断，想转身回到家中，可是迈出第一步时，却迟迟不敢踏出第二步。在他还在踌躇与徘徊时，妻子却因对他思念成疾，抑郁而亡。

妻子身亡的消息传来，白朴悲痛难当，跌跌撞撞地一路狂

奔归家，几次都昏倒在路上。他不过离家十年而已，眼前依稀是夫妻二人在轩窗前甜言蜜语，而今却与妻子天人永隔，为什么老天要这样捉弄他？

白朴本就是多情之人，身边的人总是遭遇变故，使得他一生都在苦痛中度过，能给他慰藉的就只剩下云游四海，看遍无关情爱的山水风月，但他在自然中并不能真正找到安慰。他每到一处，所见的大部分都是被蒙古兵洗劫的荒地，这又会激起他幼年时惨痛的记忆，阴霾始终笼罩心间。一生九患，不是别离就是死难，他数次到山间去撷忘忧草与含笑花，希冀通过植物的抚慰来忘却多舛的命运，寻得片刻逍遥，却从没有一刻得意安宁。

妻子亡故之后，白朴的诗文词曲再没有温馨和希望存在，所剩的只有对人生无常的感慨。他从真定匆匆逃回江南，在扬州、苏州、杭州之地往来，偶尔觅一处小桥流水人家住上一段时日，就这样漫无目的地过了数十年。

多情的人本应不长命，因为往往会由于心思沉重而累病，积郁而亡。但白朴恰恰相反，天意弄人在他的身上一一应验，叫他活到耄耋之年仍不肯放过他。也许他和陆游的命运一样，在坎坷的人生中愤懑，在爱情被撕裂后悲伤，道一句"莫、莫、莫"，一切都说不清楚，也不想多说。

于是，在白朴八十一岁那年，他觉得生命已无可眷恋，便挑了一个吉日，走向家门外的一处深山，一面唱着忧伤的曲调，

微风不定，幽香成径　　元曲

一面向树林深处走去。那天的雾气格外大，树木、人影皆不可见，隐约只能听到如楚辞般悠扬淡定的曲调从雾中传来。一阵狂风吹过，云雾散去，哪还有人影在，徒留余音在山间飘荡，原来是风声于罅隙间呼啸，造就了哽咽的山语。白朴，就此消失在人间。

不显达时笑汲汲营营者太轻浅，该隐退时道自己太多情。显达、退隐，两厢皆不要，说归去当真归去，悲情的白朴，半刻不愿在人间停留。

功名事了去无痕

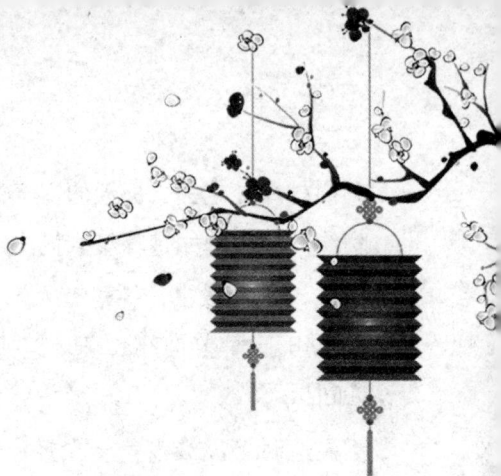

忽必烈带领他的兵马在亚欧大陆肆意驰骋、英姿赫赫的时候，未曾料到几十年拼死打下来的江山在他死后转瞬崩溃。蒙古帝国迅速分成了四大汗国，而统治汉人的元王朝亦迅速由极盛转衰。

生活在这个年代的文人们，开始走向了两个极端，一是身在红尘玩世不恭，沦落为芸芸众生里的蝼蚁一族；另一种便是遁入山林寻觅桃源仙境。就连那些希冀借助终南捷径上位的士人也大多意识到朝廷不能给他们真正的出路，便安静下来实实在在地过平民生活。不过，那时仍有一些人走上了历史舞台，在退居幕后之前，留下了风光的"倩影"。

姚燧，字端甫，是元代初期最为出名的学士，虽身居京城，但驰名中原各地，许多士人闻其名而奔赴大都，欲瞻仰他的风采。如此知名的士人，却有着非常不幸的童年。

微风不定，幽香成径　元曲

姚燧出生不到三年，父亲便去了彼岸观花，丢下他一人在尘世飘零。伯父姚枢见他可怜，便带他移居到边境，过着仰望苍天厚土的平民生活。

姚燧的文学素养可能是在那段时间培养出来的，因为没有俗世的叨扰，他可以专心徜徉书海，年纪轻轻时便精通诗、词、曲、书、画，回到京城之后，迅速成为文坛的一颗新星，很快便被人推举到秦王府做文学，后来进入朝廷担任翰林学士承旨。翰林学士承旨官阶说大不大，说小也不小，如果论阶品应是三品，论职责则类似皇帝的秘书，与宫内中人算是俯首帖耳的那种关系。元成宗时期，姚燧当了江西行省参知政事，与宰相之职只有一步之遥。

幼抱文才、仕途顺利，按理说姚燧不应该痛苦，至少物质生活有保障，什么都不缺，应该快活才是。但这些年来他看到了无数的政治风波，仕宦内暗潮汹涌。在如此的宦海里浮沉，并非姚燧所愿，然而过得过不得，不是他能选择，也由不得他选择。

十年书剑长吁，一曲琵琶暗许。月明江上别湓浦，愁听兰舟夜雨。

——姚燧《醉高歌·感怀》

这首曲是姚燧在九江巡视时写的。从中不难看出他经历了

十年宦海生活后，所剩的只是长吁短叹，终日在皇权之下挣扎匍匐，在各种势力的斗争间摇摆，未曾得到些许痛快。他漫步于江岸，直到暮色褪去，月上枝头，便来到江上乘舟听雨，闲极无聊弹了首琵琶乐，乐声哀婉，以寄托他的哀愁。

一些名家在解读姚燧的这首曲子时，认为姚燧的琵琶曲暗示的是当年白居易和琵琶女偶遇的经历。白居易与琵琶女于江上邂逅，不过是白氏一生的一小段插曲，但马致远写下了《青衫泪》一剧，却将二人的偶遇变成了一段风流韵事。所以姚燧的"琵琶暗许"，意思大有可能指琵琶女芳心暗许白氏，而他用这个典故，证明姚燧的心中也有思念的人。

不过，有关姚燧"芳心暗许"谁人的猜测，完全是人们的想当然，而且古人借典成文，多存在移情作用，即便姚燧真的在思念某人，是男是女都说不准。而且根据姚燧的经历而言，此曲《醉高歌》更像是发生活的牢骚，"琵琶暗许"，"许"的该是姚燧不满现状的心绪，这从最后一句"愁听兰舟夜雨"可以得到证明。兰舟听夜雨，不过因为一个"愁"字而已。愁的是何物？便是有关"十年书剑"的生涯。

事业亨通、情海无波，姚燧的生活当是美满。但他没有因幸福生活而变得沉沦，反而思路越发清晰，对事态看得更加通透。越是美满的一生，让他所见所闻所感越是强烈，对仕途的批判越有力。他比那些尚未尝到仕宦的滋味，便去批判官场黑暗的人更有资格为"功名"定位。

微风不定，幽香成径　元曲

是非感极强的姚燧认为，知识分子怀才未必得用。例如他的朋友雷损之，一个非常有能力的人，但为官三十年，一直是个小县令而已。在雷损之还在做官的时候，姚燧就预言他马上便要辞官归隐。果不其然，雷损之一满三十年官宦生涯，便淡然归田了。对于此等情况，姚燧深感不平，写了篇传记大骂官场无道。

姚燧不但对仕途唾弃，对黎民百姓的苦难也饱含同情，他总试图去改变什么，可是以一人之力，如何回天？

一次，在游宦江南时，姚燧在路边遇到一个缝衣的妇人。那妇人差人将做好的衣物送去给前线的丈夫，旋即又把衣服要了回来，如此翻来覆去，行为古怪。在他的询问之下，妇人才哭哭啼啼地说，她寄衣服给夫君，是怕后者在边疆受冻，可是她又怕对方已经回程了，衣服送不到，因此心思矛盾。姚燧闻言黯然垂泪，回到寄居的府中，落笔写下了《凭阑人·寄征衣》一曲。

欲寄君衣君不还，不寄君衣君又寒。寄与不寄间，妾身千万难。

——姚燧《凭阑人·寄征衣》

在寄与不寄间，女人的内心充满挣扎的痛苦。她每一次踌躇，每一次反复，对亲人的思念就多了一重。千百重压下来，叫她难以透过气来。

有人评价姚燧的诗词歌赋，总是能用简单、纯粹、真挚的语言来彰显最现实的残酷。这曲《凭阑人·寄征衣》，虽无华丽的描写，却是元散曲现实作品中的魁首之一，其奥妙在于极易上口，而后韵无穷，话虽短少，然意境已经到了极其深远的境界。

就这样一面批驳政治的灰暗，一面同情着世上的可怜人，姚燧在人世流浪了一个十年再一个十年，流了无数的血泪，终于在纵浪大化的过程中，不再"书剑长吁"，也不再"琵琶暗许"，而是来到一处山高水美的地方，如苏轼观赤壁般，仰天长笑，泰然顿生。

天风海涛，昔人曾此，酒圣诗豪。我到此闲登眺，日远天高。山接水茫茫渺渺，水连天隐隐迢迢。供吟笑，功名事了，不待老僧招。

——姚燧《满庭芳》

这曲《满庭芳》没有了《醉高歌》的长吁短叹，也没有了《凭阑人》的伤心难过，开篇便直逼苏轼的"乱石穿空，惊涛拍岸，卷起千堆雪"，有种天高海阔的气魄在其中。在酒圣诗豪频临的江南胜景面前，姚燧的情绪被迅速调动起来，他登高而招，远眺江山，山水迢迢，烟波浩渺，心胸豁然开朗，抬眼仰天长笑，什么功名利禄、荣辱富贵，都可以抛于脑后。他此刻的心

　微风不定，幽香成径　元曲

境所容纳的只剩下眼前此刻的美景，这一回他可以彻底抛却一切归隐，不需要什么老僧、老道前来奉劝，自己愿去哪儿便去哪儿，心无牵挂，了无一痕。

一代文豪，在留下了诸多供人瞻仰的作品之后，悄悄地消失在了世人的眼中。他的离去，是在几经折磨下的选择，与白朴、贯云石都那么相似。只能说，一个时代决定了其时士人普遍的命运。

虽爱尘世，依然潇洒遁去

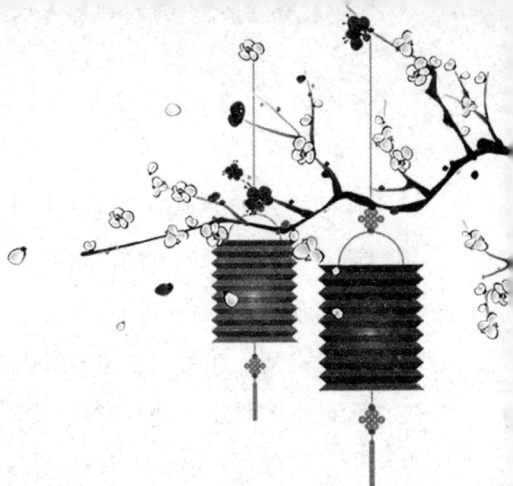

普天之下，皇天后土，羡煞世人的居士，除了陶渊明恐怕就再也没有别人了。陶渊明是真正的居士，他为隐居而隐居。他单纯的精神，使他成了隐居者的精神鼻祖，虽然不是第一个远离尘世者，却说出了世人的心念。

"采菊东篱下，悠然见南山。"青山绿水，老树昏鸦，别管景色是美得无边，还是颓得无尽，总之旁无车马喧闹，耳边自在清净，生活的"真意"二字你就可以得到了。只有陶渊明这样超现实的人，才能想到去寻桃花源，才能了解山下采菊的乐趣。因此，李白、杜甫、白居易、苏东坡、辛弃疾都把陶渊明奉为偶像，诗里诗外都在追捧。在元代受苦受够了的文人，没有办法发出伯颜那种兴致勃勃之语，便都开始艳羡上陶渊明，爱上了隐居的生活。

想要成为隐居者的人多是生活经历颇为坎坷的人，他们作出这种选择大多出于以下几种缘由：一些人想要谋得终南捷径，所以借隐居抬高身份；一些人终生未能融进官场大熔炉，失望无奈之下采取遁离；一些人进了熔炉发现耐不住高温又跳了出来，这是明哲保身；还有一些人进去大逛一圈，发现没什么意思，就到山野寻找新鲜空气。无论原因、目的为何，总之隐居是个吸引世人的生活方式。

可怜秋，一帘疏雨暗西楼。黄花零落重阳后，减尽风流。对黄花人自羞。花依旧，人比黄花瘦。问花不语，花替人愁。

——张养浩《殿前欢·对菊自叹》

此曲是张养浩逛遍官场大熔炉之后所作。很多诗人、词人都好"自叹"，因为自言自语是一种非常有趣的排遣抑郁的方式。张养浩的《殿前欢》中"自叹"的特别之处在于他找了一株菊花作为倾诉对象，因为菊花不会以言语驳斥，可以任张养浩随意发牢骚。

西风碎剪叶飘零，张养浩推开了窗子，映入眼帘的不是一帘幽梦，而是凄冷疏雨，从楼瓦淌下，化作雨帘。重阳节后，菊瓣满地，曾经的鲜艳夺目的花朵落去了大半。花虽败落，但那些依然在枝头盛放的秋菊仍保有风采，张养浩再看自己，却已瘦得不成人形，他忍不住问花，自己该如何是好，花虽不语，想必它也在为自己感到忧愁。本曲以通感的手法来结束，一句

"花替人愁"，顿使曲子中的愁情变得更加浓郁。张养浩的自怜自惜赫然在目，令人也想化作秋菊，成为倾听他的对象。

张养浩本并非好隐逸之人，少年时才学闻名天下，十九岁入朝为官，在真正退隐前身居要职，高官厚禄享之不尽。他为官清正、刚直不阿，"入焉与天子争是非，出焉与大臣辨可否"，百官敬畏，民心拥戴。可是为官三十年后的某一天，他突然感到"看了些荣枯，经了些成败"，一切都显得那般无趣，遂辞官回家，隐居于世外。朝廷六次召他入宫，都被他婉言拒绝。想来他是知道自己在朝中触了太多的逆鳞，早晚要遭到暗害，不如就此收场。

放下了朝政的担子，张养浩的心思全落在作曲弄文当中，对生活和命运的吟咏成了他的文学主题。一株菊花就这样化作他顾影自怜的倾听者。在《殿前欢》的曲子中，他本认为凋零的花应比他更自怜，但实际上菊耐秋风的能力远超乎他的想象，于是张养浩才想，也许菊花是在替他悲苦，所以纷纷凋谢。

心存悲伤的人看到任何东西都会产生感叹，把事物变化想象得与自己有关。秋雨化作菊花的"眼泪"，在曲人的眼中并不是自然现象，而是菊花为哭不出来的他所流泪。

养浩之所以写"对菊自叹"，其实还有另一层深意。菊花是陶渊明的最爱，陶渊明经常对菊咏叹，表明心迹。张养浩选用菊花，自然是说自己也想如陶渊明一样，成为一个不问世事的隐居者。往日的宦海风波已成过去，鸟儿返林、鱼儿纵渊，那时的陶公何等惬意，张养浩也想成为又一个陶公，过着池鱼在故渊的生活。

　　云来山更佳，云去山如画。山因云晦明，云共山高下。倚杖
立云沙，回首见山家。野鹿眠山草，山猿戏野花。云霞，我爱山无价。
看时行踏，云山也爱咱。

——张养浩《雁儿落过得胜令·退隐》

　　脱离官场的日子是闲适异常的，他每日都到家门前的山中漫步，偶尔坐看晴空之上云来云去，欣赏如画的山色，写下了上面这首退隐的曲子。举目望去，山色因云的有无而忽明忽暗，云则随着山的高低忽上忽下。天地间的景象真是奇妙。他拄着登山的拐杖，抬头看到云山相依相偎，低头可见山下的人家，周围则是山猴戏耍，野鹿徜徉，芳草遍地，如临九霄仙境。他就这样看呆了，恨不得扑进云团、投身花野。没有了烦恼，一切都变得比以往更美好。这一刻，山水与他融为一体。

　　离了省堂回到家乡，每日对着荷花烂漫云锦香，张养浩玩得痛快。他还给自己的隐居别墅起了个浪漫的名字叫"云庄"，意思是说自己能够身在云端无拘无束。庄内置有一座绰然亭，风姿灼灼，周围的花与竹无半点俗气，空气中飘着清香。此等"美色"当前，用张养浩自己的话来说就是："着老夫对着无限景，怎下的又做官去？"美景在手，实在舍不得它而去做官。

不过，处江湖之远，心虽不思庙堂，养浩仍有很多挂牵。天历二年（1329年），朝廷以"关中大旱，饥民相食"为由请他担任陕西行台中丞前往赈灾。此时的张养浩身染重病，卧居云庄，多日不出，但想到灾民受苦受难，他强打起精神收拾包袱上任。途经潼关，看峰峦如聚，波涛如怒，张养浩不禁仰天悲呼："兴，百姓苦；亡，百姓苦。"千年一叹，能有比此更沉痛的吗？

这一上任，张养浩四个月未曾回家，每日在灾区居住，鼓励灾民，躬身劳作，终因劳瘁而猝死于灾棚之内。在字数不多的《元史》中亦曾记载过这样的情景："关中人闻养浩死讯，哀之如丧父母，痛哭失声，震撼云霄。"

云庄外的山色依旧，庄内的人却已不在，绰然亭还在等着它的主人来乘凉，可是时间久到山色空蒙、霜落长亭，那抹淡然的身影仍然不归。原来，即便世外美得令他再不舍，他还是眷恋着值得怜悯的尘世。

微风不定，幽香成径　元曲

只愿做个江湖醉仙

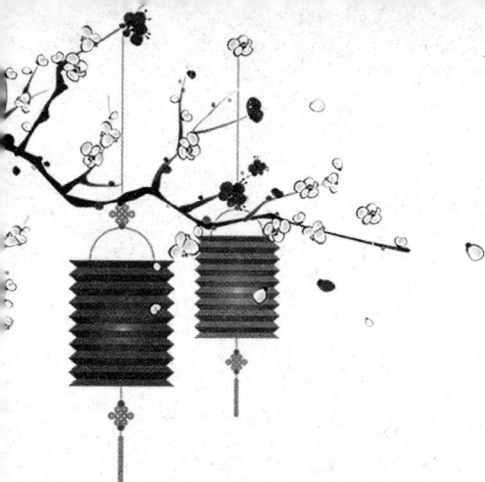

　　世间有着许多酒囊饭袋、醉生梦死之人，同样也存在着该被载入史册的不死之鬼。在这疆域偌大的元王朝，那些出身卑微、职位不高却才识渊博的剧作家，他们记载下了人世的苦难，为大千世界的芸芸众生发出不平的鸣声，并且留下了经世不朽的文学作品，这些人也应该像明德圣贤、忠臣孝子一样，被载入史册，成为书中的不死之魂。

　　钟嗣成在撰写《录鬼簿》时，于前言中便表明了自己为何要为元杂剧家、元散曲家立传。上面这段话便是《录鬼簿》前言的大体意思。本着这种信念，钟嗣成煞费苦心，终于令许多元文人不至于永远消失在历史长河中，即便一些文豪没有生卒年、家学渊源可以记载，钟嗣成还是想尽办法去推考他们的行迹、载下他们的笔墨。一部收录了诸多人心酸和成就的《录鬼簿》，成就了元文人，恰恰也成就了钟嗣成的一生。

钟嗣成在《录鬼簿》中批驳那些苟求名利的世人是"酒囊饭袋"，没有他们自诩的那么高明，他也曾屡次求功名，不成之后才退隐江湖。古语有云："学成文武艺，货与帝王家。"对于满腹经纶的文人来说，入仕做官是最好的出路，十年寒窗苦读，不外乎为了谋得一官半职，得以一展长才，且能混口饭吃，那些不求功名的免俗者少之又少。张养浩、马致远、乔吉、白贲、郑光祖、张可久、徐再思等曲坛名家，哪一个不是求功名之后才知是一场空。人总是像孩子一样，没有越过那道门槛就说外面的世界好，等越过去了再想回来时发现里面的世界也变了。

钟嗣成一开始也抱着同样的求名心态，儒家以平天下为己任的思想充分地在他的身上有所表现。元末，少年钟嗣成寄居杭州，在当地求学，受邓文原、曹鉴、刘濩等大儒的指导，同窗好友中还有后来的戏曲家赵良弼、屈恭之等人。他并非愚笨之人，反而满腹的治世之策，一心想要报效朝廷，却屡试不中。后来虽然当了一阵江浙行省任掾史，但一直得不到升迁，终看清官场的真实面目，回家写书、教书去了。不过，他并没有因为郁郁不得志而消沉，胸中还存有文人应有的气节：宁做一个民间教学的乞丐书生，活得潇洒快活，也比浑浑噩噩地度过余生强上百倍。下面这两曲《醉太平》姊妹篇，便是他退居时表明心迹之语。

风流贫最好，村沙富难交。拾灰泥补砌了旧砖窑，开一个教

微风不定，幽香成径　　元曲

乞儿市学。裹一顶半新不旧乌纱帽，穿一领半长不短黄麻罩，系一条半联不断皂环绦，做一个穷风月训导。

绕前街后街，进大院深宅，怕有那慈悲好善小裙钗，请乞儿一顿饱斋。与乞儿绣副合欢带，与乞儿换副新铺盖，将乞儿携手上阳台，救贫咱波奶奶！

——钟嗣成《醉太平》

贫而风流的生活比做个有钱人容易得多，虽然住的是破砖漏瓦，穿的是破烂袍服，教的是贫人、乞丐和小孩，但作为穷教书的其实也挺有意思。在大街小巷里讨口饭吃，如果遇到个漂亮好心的姑娘，施舍他一两床被子，给他个扎衣服的腰带，再和他谈谈情、说说爱，让他叫她祖奶奶都成。

《醉太平》中的主人公是钟嗣成的自喻，看似倒像个泼皮小乞丐，语气满是调侃和撒泼，煞是可笑。然而，曲中人的生活境遇却正说明了元代文人"一无是处"的真实情况。在当时，民间有句流行语"九儒十丐"。意思是，文人的地位仅仅比乞丐高一等。很多人读书读了一辈子，始终未能举士，如钟嗣成般被埋没乡野，莫怪他们要嬉笑怒骂、自讽自嘲。钟嗣成在《醉太平》里显露的心声，同时也是大部分文人的怨怼和无奈。而嗣成决定写下《录鬼簿》，也正是由此引起，他希望借由自己的笔，将那些被埋没乡野的才子佳人尽数录下。

每记录一个人，钟嗣成总要反复琢磨，给予中肯的评语，体察他们的生活境遇，细想他们的品格，在体味他人的生命意义时，也时时地寻找自己的生活目标。

平生湖海少知音，几曲宫商大用心。百年光景还争甚？空赢得、雪鬓侵，跨仙禽、路绕云深。欲挂坟前剑，重听膝上琴，漫携琴载酒相寻。

——钟嗣成《凌波仙·吊乔梦符》

因为文提挈的需要，讲到前辈大家时，钟嗣成多会作一曲或一诗为其总结或是吊念。此曲正是为乔吉（梦符为乔吉的字）所写的悼词。如果留意乔吉的人生经历，会发现他与钟嗣成的一生极其相似。两人都曾在杭州寄居过多年，空有抱负却始终作为布衣以了残生。最后，乔吉选择浪迹天涯，钟嗣成则窝在杭州城中教书写剧本。

钟嗣成笔下的乔吉，一生孤独，流浪，"湖海少知音"，费尽心思争得功名，百年光景过后只剩满头白发，继而驾鹤西去。乔吉曾自称"不应举江湖状元"，表示江湖中的才子绝不去争名逐利，对自己的外出旅行和放荡生活给以安慰似的肯定。乔吉自我疏解，故作潇洒，但钟嗣成却知他实则凄苦，是以在《凌波仙》的前半曲书写乔吉悲情的生活经历。乔吉死后，钟嗣成很想到他的坟前洒一杯水酒，挂一柄长剑，弹一曲乔吉所作的曲子，以慰乔梦符的魂灵。

"挂坟前剑"是钟嗣成引用春秋时季子赠剑给亡故的徐国国君的典故。季子答应将剑送给徐国君王,可是徐君早死,所以季子将自己的剑挂在了徐君的坟前。钟嗣成用此典故,既是同情乔吉的境遇,也说自己把他当作了知音人。另外,钟嗣成弹乔吉的曲子以悼念他也事出有因。乔吉是元代词曲大家,他总结的作曲经验"凤头、猪肚、豹尾"六字诀,甚至被后人用来形容写文章,其影响之大可想而知。乔吉的曲子也被赞"神鳌鼓浪""波涛汹涌""截断众流"。钟嗣成对他的文笔佩服得五体投地,想以唱乔吉的歌悼亡他,完全发乎情、止乎礼。

纪念亡友的同时,钟嗣成何尝不是为自己的身世感到可怜、可悲。乔吉与他遭遇如出一辙,他在悠悠的琴声中叹乔吉,当然也是叹自己。乔吉生前曾明心志:"不占龙头选,不入名贤传。时时酒圣,处处诗禅;烟霞状元,江湖醉仙。"钟嗣成也是抱着这种想法,不求成为历史长河里闪耀的明星,只求饮酒观风月,做那《醉太平》里的泼皮无赖小书生,醉生梦死,人生方休。

梦中逍遥，岂是真逍遥

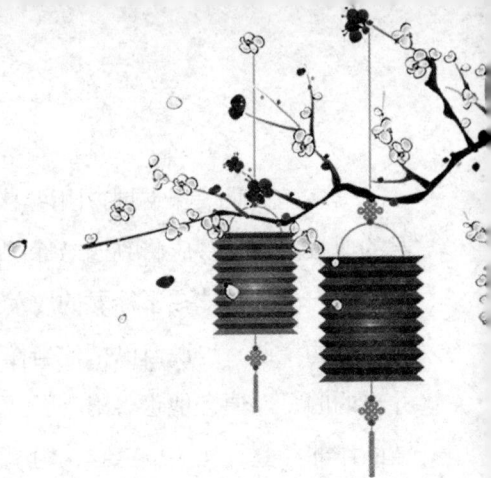

　　敢与庄子下棋论道的人，数千年不曾一见，不过敢从庄子言论中大肆搜刮其观点和喻物的人比比皆是，甚至不用修改版权，又能为文章增色。元代时期，崇庄子、尚黄老是比较受欢迎的活动，所以文人们的词曲中含有大量此类内容也不足为奇，但真正用得巧妙且有深意的只是少数。王和卿应算是比较善于借庄子发挥的文人，不仅如此，他发挥得还格外有趣，左手衔来一只庄蝴蝶，右手擒来一只庄鲲鹏，转身一变，蝴蝶与鲲鹏已经随了王姓。

　　王和卿是如何把庄子的蝴蝶请走？又是如何借去庄子的鲲鹏？自然是有他的办法。此人生性散漫，性格滑稽，据说与关汉卿是朋友，才学颇负盛名，可惜不问世事，放荡不羁。也许正是这种性格，才令王和卿敢擅自挪用庄子的蝴蝶与鲲鹏。

弹破庄周梦，两翅驾东风。三百座名园、一采个空。难道风流种，唬杀寻芳的蜜蜂。轻轻飞动，把卖花人搧过桥东。

——王和卿《醉中天·咏大蝴蝶》

此曲《醉中天》正是王和卿盗蝶之作。《庄子》中记载，庄子梦蝶自觉非常快乐，悠然得意，忘却自我；待到梦醒时分他却僵卧在床，不知刚刚是他梦到了蝴蝶，还是蝴蝶梦到了他。庄周梦蝶，充满缥缈的玄机，富有生死同在、物我共融的意味。而王和卿却去"弹破庄周梦"，引出了庄子的蝴蝶。王和卿这样做并非是要通过蝴蝶去参透生死的玄机，而是单纯欣赏蝶舞。然而，他却没料到自己请来的蝴蝶如此之大，"三百座名园"，一脚踩破一个，吓跑了寻芳草的蜜蜂，将路上的卖花人扇到了桥东。

大如鹏鸟的蝴蝶，目空一切，俯视众生，霸道异常。王和卿心惊胆战，猛然醒来，才知原来是做了一场白日梦。梦的由来便是那落在窗前花枝上的大王蝴蝶，因为此蝶甚大，王和卿看着它翩然起舞的姿态，陡然陷入奇思妙想的境界，还以为自己真的将庄周的蝶带入了现实。

惠能佛祖说过，风动、幡动，其实都是心在动。好比人的内心沉睡着一只猕猴，外界有一只猩猩不断在骚扰它，要与它相见，但只要猕猴睡得安稳，猩猩怎能骚扰它。王和卿在现实中见到的蝴蝶本不巨大，而是他的心发生了千奇百怪的变化，产生变化的原因是当时的社会背景。

元代的政治体制混乱和治世无道致使民不聊生，文人大多都满腹牢骚，一些人用惆怅的笔调来发泄不满，另外一些人则用滑稽戏谑的手法发言，王和卿自然在后者之列。至于他笔下的这只大蝴蝶到底比喻的是什么人或什么事，只有王和卿自己知道；又或者可从他笔下的事物中窥得一点玄机。

以物喻物，一直是王和卿比较善用的比喻手法，先有让人感到好笑的巨型蝴蝶，接下来便是那如同庄子鲲鹏一样巨大的北冥神鱼。

　　胜神鳌，夯风涛，脊梁上轻负着蓬莱岛。万里夕阳锦背高，翻身犹恨东洋小。太公怎钓？

——王和卿《拨不断·大鱼》

王和卿笔下的"大鱼"出现在渤海一带，很可能是一种鲸鱼，可以掀起巨浪，据说庄子在《逍遥游》中讲到的鲲便类似这种鲸鱼，由于那时人们孤陋寡闻，又未见过巨型的鱼类，所以对于溟海神往不已，认为大鱼通灵性。在《拨不断》的开篇，王和卿便称此鱼应当比上古传说的神鳌还要大。古语有"神鳌牵海"，比喻不现实的事情，但王和卿却说他看到的鱼在夕阳下露出的脊背有万里之长，足以托起蓬莱仙岛，乘风破浪，犹嫌海太小，不能任它遨游翻腾。如此神鱼，即便姜太公来了也钓不起来。

王和卿的"大蝴蝶"和"大鱼",在他极尽夸张之能事下变得神乎其神,任何事物都难不倒。在此反衬下,为了功名利禄而蝇营狗苟的芸芸众生则显得那般渺小和无能。但王和卿并没有把他曲子的寓意明说出来,仍旧以怪诞嬉笑的手法调侃世上的各种事物。他一生写过许多类似的曲子,笑骂众生不留痕迹,因此时常会引起别人对他人品的质疑。

作为文坛朋友的关汉卿曾讽刺王和卿总是心猿意马,想些奇怪的事情。王和卿丝毫不以为意,反而以此为荣,嘲笑对方。明代史学家陶宗仪在《南村辍耕录》里曾记载,王和卿与关汉卿最爱互相讥讽对方,互不相让。王和卿的滑稽调侃闻名各地,一度制造民俗流行戏曲,颇有混世魔王的风格;而关汉卿虽然也是铜牙利嘴不饶人,对人生的态度却很端正。生活态度截然相反的两人互讽太寻常不过了。

玩世的王和卿,对人生始终充满幻灭,他轻视生命,并且把现实的所见所闻都当成笑柄。在他的一些诗文里,也流露过欲显达富贵的想法,后来却对此不再留恋,想必在此中经历了一些波折。那时的文人大都是如此,即便王和卿表现得再特别,也逃不脱知识分子最原始的羁绊。后来的王和卿一度选择寻求黄老,上面两曲《醉中天》和《拨不断》便隐含道家的寓意。此两曲中王和卿暗讽世人,衬出自己的逍遥,可是他能真正地逍遥吗?

庄子可谓是最逍遥的人，他认为"丧己于物，失性于俗者，谓之倒置之民"。一个人如果把自己迷失在物的世界，把真性情流失到世俗之中，那么这个人就是一个本末倒置的人，永远也无法获得心灵的自由。就好像一个人在平地上拉弓射箭，在手肘上放置一杯水，几箭落靶之后，就能箭无虚发，甚至百发百中。但是如果他登临高山，脚踏危石，身临深渊，还能稳如泰山地射箭吗？他恐怕很难忘记自己稍不留神就会万劫不复。

　　身在世俗的王和卿，如同站在风口浪尖之上，他看似遗忘了一切，得到了"蝴蝶"与"鲲鹏"，实则已经迷失了自我，把真性情放入了尘俗，因此他永远得不到庄子"至人无我"的境界，也不可能真的逍遥。

　　痴心梦做了一个又一个，梦破灭之后醒来则更加凄凉。在别人的眼中，王和卿看似快乐非常、聪明好辩，甚至被称为大家，然而，谁又能体会他内心深处的矛盾与苦痛呢？

　　　微风不定，幽香成径　　元曲

风物无情人有情

风物无情人有情，景美景凄，都是人心情时好时坏而折射到事物上的影子。在自然当中，文人尽情和歌，或倾诉衷情，或仰天长叹。风物包容了他们所有的牢骚，给了他们一切所想所要。正是这宽大的赐予，使得他们循着文字，找到生活的真谛，变得从容。

四季悲世歌

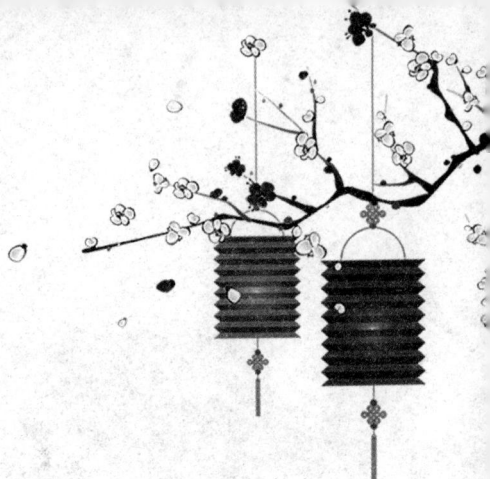

　　在日本的文学中，春天如紫罗兰，代表着知心的朋友；夏天如冲击在岩石上的波涛，亦如父亲般坚强；秋天如海涅的情诗，令人想起了爱人；冬天是融化了冰雪的大地，如胸怀宽广的母亲。春夏秋冬，四季之韵，在心境不同的人看来，或欢喜，或悲愁。人们可因春夏的萌生而喜悦，可因秋冬的肃杀而哀愁，不过，到头来，真正被撕裂的不是四季，而是人的心。

　　春山暖日和风，阑干楼阁帘栊。杨柳秋千院中。啼莺舞燕，小桥流水飞红。

　　云收雨过波添，楼高水冷瓜甜。绿树阴垂画檐。纱厨藤簟，玉人罗扇轻缣。

　　孤村落日残霞，轻烟老树寒鸦。一点飞鸿影下。青山绿水，白草红叶黄花。

微风不定，幽香成径　　元曲

一声画角谯门，半庭新月黄昏。雪里山前水滨。竹篱茅舍，淡烟衰草孤村。

——白朴《天净沙·春夏秋冬》

　　春日的山水、风雨、花草、楼阁、亭台，无不是文人最容易注意到的地方。大地回春时，院内暖风拂过，柳枝摇曳，秋千微荡，小桥流水，落红旋舞，莺啼燕叫，引人相思。所谓思春，大概就是这些景物惹得人心发痒，无法按捺于室。白朴以《天净沙》作了八首小令，春夏秋冬各两首，借四时景物的风光，来形容他一生的经历和心境起伏。上面这四首春夏秋冬曲，即是从八首小令里撷选出来的。

　　白朴的幼年饱经战乱，回归家园后，与父亲重逢，又加之新婚不久，心中满是温情，所以春曲充满了温馨畅快的意味，而不是惆怅且充满沧桑之感。

　　北宋秦观在写《春日》时道："一夕轻雷落万丝，霁光浮瓦碧参差。有情芍药含春泪，无力蔷薇卧晓枝。"秦观的春景写于雨后，庭院深深，碧瓦晶莹，薄雾微启，春光明媚。芍药带雨含泪，蔷薇静卧枝蔓，满是娇艳妩媚。看来无论是白朴那无雨的春日，还是秦观这有雨的春日，只要逢上赋文的人心情较好，春天便无比美好，而不是充满春愁。

　　白朴笔下的春日，少年的得意尽在其中，而他的夏令似乎也感染到了春令的欢愉。

第二首《天净沙》为夏令，虽然韵调和含义不及春、秋两曲，但满是甜蜜。云雨收罢，天晴气爽，绿树如荫，垂于廊道屋檐，微微颤动，极尽可爱。透过薄如蝉翼的窗纱，隐约见到一个身着罗纱、手持香扇的女子躺在摇椅上，扇子缓缓扇动，女子闭目假寐，享受夏日屋内的阴凉，那模样美得令人心动。

在这首小令中，白朴并没有交代那女子是谁，但以他和妻子多年痴恋的人生经历来看，此女最有可能是他的妻子。白朴爱妻甚深，妻子的一颦一笑、一举一动，都是他喜闻乐见的，而且在他的记忆中是那样清晰。夏日妻子乘凉的情景，至今都是他脑海中最美的画面。

然而，当仕途的风险令他被迫与妻子分离之后，白朴想念妻子异常。秋天，便是他思念家人最甚的日子。

秋令当中，落霞中的村落不是热闹而是荒僻。轻烟袅袅，老树昏鸦，一点飞鸿成了夕阳中苍凉的魅影，更加勾起说不清的愁，明明还是青山绿水，却早已叶红草白，不是金黄的喜悦，而是不能回家的恨。这样的情景令人忆起马致远的"秋思"，同样是枯藤老树昏鸦、古道西风瘦马、小桥流水人家，漂泊的断肠人独身在天涯。一幕倾颓的画面从天而降，面对如此萧瑟之景，怎能不悲从中来、撕心裂肺。马致远能达到秋思的极致，不知是否受了白朴的影响，此疑问大可不论，但两个人同样彷徨无助的模样，在夕阳下已渐渐重叠。

白朴的"秋"是一幅远处凄迷、近处清晰的山水画，不求太过形似，唯愿勾勒数笔聊以慰藉，好像电影的"蒙太奇"手法让他早早地运用到了这首秋季小令里。其实，朦胧写实法是元代文人赋文习作大多采取的方法，过于直白的词句除非内涵极深，否则缺少意境，而太朦胧了又显晦涩，因此他们才有别于唐文人的理智和宋文人的激情，而是杂糅了这两种感情意味去写文章，于深刻中见真谛。

凄迷萧瑟的秋季一过，迎来了寒风凛冽的冬季。白朴的心情此刻也跌到了谷底。他在冬季里，望见城门上所挂的警戒号角，在冷风中微微晃动颤抖，碰撞到石墙上发出微弱的响动，越发显得冬日的冷清。黄昏日落，山坡上是皑皑的白雪，凉月照亮了半个庭院，眼前流淌着一条清冷的湾流，面前是一幅衰草孤村的情景，竹篱茅舍变得枯黄，没有鸟儿肯在这里栖息，瑟瑟的寒意在静静流动，万籁俱寂。冬日，肃杀了天地各处的生机。

经过诸多中国古代文人修饰的冬天寂寥难耐，永远不像日本文学中的冬天那样会令人想到母亲。身世坎坷的白朴，在春天满怀欣喜，冬天却难免忆起难堪的过往，为自己的身世叹惜。

一代才子，生于动乱，长于亡国，漂泊于扭曲的时代，种种因素致使白朴一直不愿出仕，他也做到了真正的超凡脱俗，连遁离人世都充满了道家的玄妙，如涅槃飞升一般，破碎虚空。所以，跟那些因各种与仕宦有关的理由而隐退的人极为不同，白朴始终充满对现世的同情，对自己的怜惜。他所写的曲令、杂剧，内涵只有一个：怜悯一切值得他怜悯的人，无论是李千金、裴少俊、唐明皇、杨贵妃，还是那些香闺中的思妇、街头艺人、江上孤翁，同时也包括他自己在内。上面这四曲《天净沙》，正是他的自怜之作。然而，白朴虽有落叶飘零之苦，有魂牵梦萦的痛，但却没有半分怀才不遇之感，这恰是他的脱俗之处。也许只有他的这种性格，才能经历苦难而不幻灭，到最后寻得了自己的道，求得人生的般若。

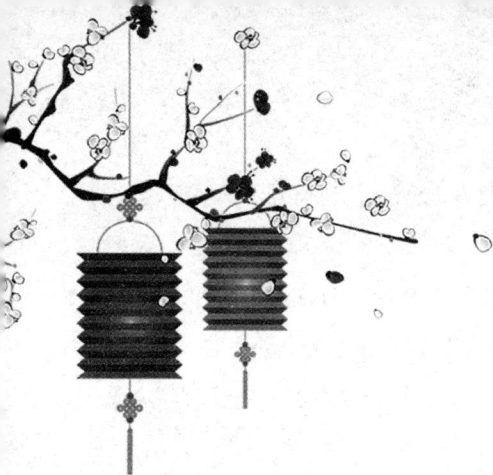

在雨中，湿了的是心房

春雨似相思，秋雨如泣泪。

雨这东西，总会引起人莫名的伤怀，鲜少有人像好莱坞电影《雨中曲》里的吉恩·凯利，一个人在雨中边舞边唱，浪漫而温馨，潇洒且有趣。古代大多有关雨的词曲，都略带悲情，非要惹人如同老天一般伤心垂泪才善罢甘休。《诗经·郑风·风雨》，是最早把风雨幻化为情感寄物的诗，给了后人责怪风雨恼人的先例和托词。

"风雨凄凄，鸡鸣喈喈。既见君子，云胡不夷？"风吹雨打，处处凄凉，雄鸡叫个不停，但只要见到了意中人，心中就能平静。《风雨》一诗中的女孩没有因为天气不佳而伤心流泪，因为她见到了朝思暮想的人；试想假如她久久未能见到意中人，恐怕见到风雨之后也会哭成泪人。人的情感就是这样难以捉摸，风雨既能左右，又不能完全把握。但可以肯定的是，雨最容易

风物无情人有情

101

惹人相思，这种相思既有对爱人的想念，也有对亲人的想念。

> 窗外雨声声不住，枕边泪点点长吁，雨声泪点急相逐。雨声儿添凄惨，泪点儿助长吁，枕边泪倒多如窗外雨。
>
> ——无名氏《红绣鞋》

此曲《红绣鞋》出于无名人士的笔下，该作者的语言并不华丽，但却比知名人士写得更朴实真切。他可能不会用太凄美的词来形容自己的伤心，没有落花无情，没有江水东逝，没有山居秋暝，但处处是悲：窗外、枕边、瓦砾中、败叶上，湿了一地，湿了一枕，湿了的是心房。

李清照在她的词中就写过："伤心枕上三更雨，点滴霖霪，点滴霖霪，愁损北人，不惯听起来。"身为北方人的她在南方霖雨中，忆起伤心往事，催泪枕湿。无名氏的这段曲子与李清照的"泪沾巾"有异曲同工的作用，不过无名氏为什么而哭，曲中并没有写出来，读者亦不必去深究，无非就是为爱情伤怀，要么为身世悲伤，逃脱不了这两样。

雨虽然是催逼人心苦痛的罪魁祸首。不过也成了诗人、词人们最喜欢用的意象，例如曲人张鸣善，便极善用"雨"做文章，来打动人心。

身处元末动乱之际的张鸣善，对现实的污浊厌恶至极。他讥讽官场里的人"铺眉苦眼早三公，裸袖揎拳享万钟，胡言乱语成时用"，骂官场中大部分人谄媚逢迎、颐指气使、胡说八道，有辱斯文。

早先在仁宗延祐年间，元朝恢复了科举制度，许多文人以为可以重拾生活乐趣，但元仁宗曾直言不讳地表示，儒家的文学有助于他的统治，至少"三纲五常"能令民众对皇帝尊崇有加。于是，朱熹规范的《四书》成了考试的重心，宋代一度提倡的素质教育沦为笑柄。张鸣善对此种迂腐的做法非常不满，笑骂社会上古怪的学风："先生道'学生琢磨'，学生道'先生絮聒'，馆东道'不识字由他'。"这句话的意思是：老师不正经教学，学生不正经学习，办私塾的无非是为了挣钱。所谓的"文人"进了官场，就成了那些挤眉弄眼、阿谀奉承的官场小人。不仅如此，无论是仕宦还是流寇，在张鸣善看来都是祸害百姓的。

充满了战斗心的张鸣善，因为语锋太利得罪了很多人，当然也得到了一些人的赏识，但看重他的肯定不是统治者。然而作为一个小知识分子在当时无非是想一展长才，他的内心充满了生不逢时的郁闷，只有依靠讽刺来排遣抑郁。在他众多小令、散曲、套曲中，极难见到悲怆的语句。然而，再坚强的男儿也会有软弱的一天，最后，在面对绵绵细雨随风起的时候，他也不得不举手投降，心痛难当，如同食了断肠草。

雨儿飘，风儿扬。风吹回好梦，雨滴损柔肠。风萧萧梧叶中，

雨点点芭蕉上。

风雨相留添悲怆，雨和风卷起凄凉。风雨儿怎当，雨风儿定当。
风雨儿难当。

——张鸣善《普天乐》

风儿吹，雨儿飘，夜中的张鸣善本在做着好梦，却忽然被
冷风细雨的寒意激得惊醒过来，好梦摧断，愁肠千转。雨本就
容易令人难过，而其击打在梧桐芭蕉上发出的响声，则更使人
的情感一发不可收拾。雨打芭蕉，半丝柔情半丝泪，张鸣善那
时感到的不是柔情，而是凄清。在前半段曲子中，渗透的满是
诗人的怅然。

有人认为，《普天乐》曲中的主人公并不是张鸣善，而是
一个和亲人离散的憔悴女子。如此雨夜，风助雨留，雨助风凄，
风雨交加绵绵不绝，为人平添了悲怆。这风雨儿怎当？怕也要
当得住，即便它是那样难当。后半段的曲子好似一个女人对雨
低喃，语言软软绵绵，意境痴痴缠缠，芭蕉和梧桐成了风雨徜
徉的地方，同时也卷入了女子孤苦的泪与情。

全曲像水一样一层层渗透着难过，打湿了人的灵魂，悲得
令人充满无力感。反复读来，倒觉得主人公是不是女子并不重
要，关键在于张鸣善要通过它传递的愁意。江州司马的琵琶女
奏出了"大弦嘈嘈如急雨，小弦切切如私语"；而张鸣善的曲中
雨，嘈嘈切切错杂如弹琴，幽咽而感人，尽是伤怀在其中。

　　　微风不定，幽香成径　　元曲

一个人刚强不等于他不存在软肋，无意间触动了那根软骨，会使人处于情感崩溃的边缘。嬉笑怒骂一生的张鸣善，在雨夜里难当寒意，抱枕拥被痛哭，湿了枕巾被褥。是这荒唐的元朝末年，令他对身世的遭遇备感不满，令他放不开污秽的人世，想为其尽绵薄之力却不能。

　　风物无情，自然之雨却不幸地化作了引发人们怅然和思念的媒介。李商隐在他的《夜雨寄北》中写道："君问归期未有期，巴山夜雨涨秋池。何当共剪西窗烛，却话巴山夜雨时。"诗中的"雨"，都是痛苦的情思，与无名氏和张鸣善笔下的"雨"，想必是在同一列的。

　　其实，"雨"是应当为自己鸣不平的，因为它并不想惹人相思、惹人失落，可是它从未意识到，自己也许正是苍天的伤心之作，专门下凡来勾缠人心。

风物无情人有情

宁做浊世漂泊的佳公子

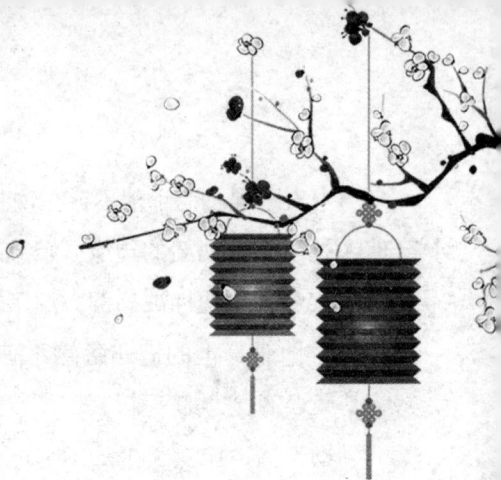

元仁宗延祐二年秋（1314 年），贯云石离开大都不久，一个人背着行囊到处游玩，途经梁山泊，被这里的山水所迷，一时间流连忘返，久久不肯离开。苏辙曾在《夜过梁山泊》中写下"更须月出波光净，卧听渔家荡桨歌"，足可道明梁山泊一带绿柳垂岸、粉荷满地、湖光山色的怡人风景。

叫来一叶小舟，贯云石举步登上，示意渔人任意泛舟。每当看到触动心灵的风物，他都忍不住或赋诗或赋曲，渔人听得明白他诗中意境时就即兴和渔歌一首，对他进行附和，二人一唱一答，颇有知音的意味。就在这时，贯云石看到船篷边上放着一条被，触手极软，一问才知是芦花棉絮做的被芯，不禁甚为喜欢，想要跟渔人买下来。哪知渔人却对他说，只要贯云石肯为棉被作诗一首赠与他，渔人就将芦花回赠给贯云石。

贯云石听得一怔，随即微微一笑道："采得芦花不浣尘，翠

微风不定，幽香成径　　元曲

蘘聊复藉为茵。西风刮梦秋无际，夜月生香雪满身。毛骨已随天地老，声名不让古今贫。青绫莫为鸳鸯妒，欸乃声中别有春。"

在这首诗中，贯云石赞渔人辛勤、自由、闲适，同时也在说自己很喜欢这种生活。渔人听得喜上眉梢，遂将被子赠给他。从此，"诗换芦花被"的佳话流传了开来。背着芦花被离开梁山泊的贯云石灵机一动，干脆为自己另起字号"芦花道人"，开始了追求云淡风轻的流浪生活。

行遍了千山万水，看过了种种世间人情，从扬州的明月楼到舟山岛普陀山上的日出峰，到处都有贯云石的足迹。在这些地方，他寻到了文学的巅峰，谨以他清丽的词曲慰劳江山，因为江山赐予了他美的享受。一日，贯云石落脚杭州，被西湖和钱塘胜景吸引，久久不肯离去，便在此处暂居，找到在这里定居的好友张可久，与他携手纵游西湖。西湖风光令贯云石兴致高涨至极，在泛舟之际他写下了很多曲子，诸如《粉蝶儿·西湖十景》一曲，专门赞誉西湖景致。

描不上小扇轻罗，你便是真蓬莱赛他不过。虽然是比不的百二山河，一壁厢嵌平堤，连绿野，端的有亭台百座。暗想东坡，遗仙诗有谁酬和？

漫说凤凰坡，怎比繁华江左。无穷千古，真是个胜迹极多。烟笼雾锁，绕六桥翠障如螺座。青霭霭山抹柔蓝，碧澄澄水泛金波。

我则见采莲人和采莲歌，端的是胜景胜其他。则他那远峰倒影蘸清波。晴岚翠锁，怪石嵯峨。我则见沙鸥数点湖光破。咿咿哑哑橹声摇过。我则见这女娇羞倚定着雕栏坐恰便似宝鉴对嫦娥。

　　缘何？乐事赏心多，诗朋酒侣吟哦。花浓酒艳，破除万事无过。嬉游玩赏，对清风明月安然坐。任春夏秋冬天，适兴四时皆可。……

——贯云石《粉蝶儿·西湖十景》节选

　　有人说，西湖是一首诗，一幅天然的图画，一个美丽动人的故事。《粉蝶儿》里的春天，莺飞草长，苏白两堤，桃柳夹岸；秋霜月下，掩映三潭；冬雨浩渺，细水楼台。水波潋滟，游船点点，远处山色空蒙，青黛含翠，偶见高塔，如临仙境。

　　这样如诗如画的美景，贯云石与张可久对其不能自拔是情有可原。南宋时期官宦游人为了一表西湖之盛，"册封"了十处景观为美景之至，包括苏堤春晓、曲苑风荷、平湖秋月、断桥残雪、柳浪闻莺、花港观鱼、雷峰夕照、双峰插云、南屏晚钟、三潭印月。十景各擅其胜，组合在一起又能代表古代西湖胜景精华。贯云石的这套曲子《粉蝶儿》大概也是受了十景之说的影响，为表十处风景的华美，所以才写下该曲。

　　在曾亲临过蓬莱仙岛的贯云石看来，纵使蓬莱是仙境一般的地方，也比不过西湖之美。古人曾形容江山胜景有"百二山河"的说法，这个取义来源于《史记》。《史记》中讲，险要之地一夫当关，万夫莫开，两万人守隘口足抵百万人。所以曹操

　　微风不定，幽香成径　　元曲

在汉水上才会屡次败给刘备，只因隘口太多，曹氏百万军队不足以抵抗刘氏几万人兵马。"百二山河"便由此而来。杭州西湖当然不是险要雄关，但西湖拥有"一壁厢嵌平堤""亭台百座"，西湖美景的地位足以胜过川蜀雄关。

清代学者陆以湉在随笔漫录《冷庐杂识》当中称赞："天下西湖三十又六，惟杭州最著。"被叫作"西湖"的湖泊很多，唯独杭州美景为最。数百年来，能够把杭州西湖的美和风韵表达得淋漓尽致的也就只有苏东坡的《饮湖上初晴雨后》与在西湖边隐居的"梅妻鹤子"林逋所写的隐逸情趣诗。所以贯云石在套曲第一段最末尾提到了二人的名字。贯云石自问文学素养达不到苏、林两位的程度，但也想试试一绘当地的胜迹。

在套曲第二段开篇，贯云石说北方有一处胜地凤凰坡极其漂亮，但与江东各处的秀丽是无法比拟的，特别是杭州。他在西湖边上放眼远眺，六桥腾临苏堤上，近处波光潋滟，莲叶无穷，荷花别样，沙鸥点点；远处翠山碧水、怪石林立。采莲人高歌，闺中少女乘着船舫，以扇遮面，羞涩地坐在阑干旁赏湖。

眼前满是景好、花好、酒好、人好，贯云石如何能不乐不思蜀呢？而且身边还有好友张可久陪伴，二人喝酒吟诗，实在收不住兴致，多少烦恼都在这清风、明月、湖水中化作虚无。

苏东坡笑谈西湖说："欲把西湖比西子，浓妆淡抹总相宜。"西湖无论是外在，还是内在都无与伦比。外在是自然赋予的，而内在是无数文人骚客以美文填充的。在这恬美的风光里，贯云石忘却了在京都经历的宦海风波，同时也表示自己再无涉足仕途的意思。不管曾经的高官厚禄有多么诱人，却半点比不上游戏江湖的乐趣。贯云石的好友程文海曾言他是个"功名富贵有不足易其乐者"。因为贯云石认为，功名换不来逍遥的生活与心灵。

"清风荷叶杯，明月芦花被，乾坤静中心似水。"从得到芦花被、自许"芦花道人"的一刻，贯云石已经心如止水，绝了名利场，宁"月明采石怀李白，日落长沙吊屈原"，也不爱荣华富贵。他避居杭州，偶尔出外采药，经营了一家药店，一面欣赏钱塘西湖风情，一面以卖药诊断为生，颇像许仙，只是身旁缺少了白娘子。不过贯云石求的不是白娘子，而是乐山乐水。春至包家山修禅，夏季去凤凰山避暑，秋天钱塘观潮，冬季与普通百姓在街头吹拉弹唱，偶尔到天目山与著名的中峰禅师说佛论道，下山来路遇景致随意赋诗一首。就这样在杭州城内城外亦隐亦现，"贯酸斋""芦花道人"的种种行迹，渐渐成了民间的美谈。

明人李开先在《词谑》中记载了贯云石居杭州的一段逸事。某日有数名文客游览杭州西南大慈善慧禅寺的虎跑泉，众人喝茶间打算以"泉"赋诗。一个人在那里"泉、泉、泉"了半天，始终没有说出什么。突然有一个挂着拐杖的老人走过来问他们在做什么。这些人说了缘由，老人抚须微笑道："泉、泉、泉，乱迸珍珠个个圆。玉斧斫开顽石髓，金钩搭出老龙涎。"众人惊问："老人家可是贯酸斋贯先生？"老人淡笑点头，与几个年轻人同坐饮酒，直到微醺才离去。

"去留无意"一词，应该足以概括贯云石的一生，不被纸醉金迷所惑，唯愿徜徉于西湖，问道于山水，求得文学圣境。后人将他与徐再思的曲并称"酸甜乐府"（徐再思号甜斋），且说他的曲风"擅一代之长"，能够引领当世的风尚，这般评价仅是流于形式，却不足以说明他的高洁。即便贯云石晚年的至交欧阳玄，在他死后为其撰写碑文，写到其"武有戡定之策，文有经济之才"之后，实在不知该怎样形容贯云石了，只好以"其人品之高，岂可浅近量哉"草草结束。

一位浊世佳公子，抬头看的是苍天，低头量的是大地，万物的恒久虽然不能被他完全触及，但他尽量以自己的心和笔去靠近，无论是进梁山泊，还是入西湖，他都希望能在这些地方求得词曲与人格的永生。

渔父垂钓，相忘江湖

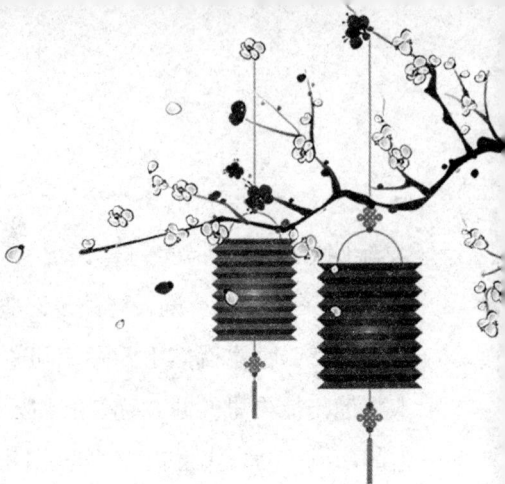

渔父是文人不可缺少的朋友，也是他们羡慕不来的"高人"。几千年来，有大批的墨客与渔父做过情感上的交流，又或者讴歌渔父，终日对着江上的渔翁发呆。这些人中从渔父那里获得禅境的人是柳宗元——渔翁独钓，清寒入定；从渔父处获得感悟的是阮籍——渔父知世患，乘流泛轻舟；希望做渔父的是李煜——一壶酒，一竿身，望如侬对浪花桃李，一春又一春；与渔父交心的是贯云石——毛骨已随天地老，声名不让古今贫。其实渔父不知道自己给了文人如此多的感悟，他们真正所想的，不过就是垂钓江滨，与鸬鹚为伴觅得生计而已。

哪个时代的渔翁，生活都并不见得有多美好，没有什么禅意，也没有什么乐趣。但文人们总是钦羡他们的生活，大概是文人们自觉内心痛苦，看渔父生活自由自在，所以他们宁愿与渔父为伍，称道渔父生活，也不再对浮躁的世界留恋。渔父，是士人试图净化心灵的身份。

为咏叹渔父煞费苦心的元代文人，乔吉大概是第一人。他一生给渔父写了数十余首词曲。在《乐府群玉》中就收录了二十首，每一首写的时间都不一样。他所到一处，只要见得渔夫水上作业，总忍不住放歌以解情怀。渔家风情所以诱人，不在于渔人收入多少，而是乔吉觉得他们能够笑傲江湖，比遭遇了险恶仕途的自己纯洁、高贵得多。

吴头楚尾，江山入梦，海鸟忘机。闲来觉得胡伦睡，枕著蓑衣。钓台下风云庆会，纶竿上日月交蚀。知滋味，桃花浪里，春水鳜鱼肥。

活鱼旋打，沽些村酒，问那人家。江山万里天然画，落日烟霞。垂袖舞风生鬓发，扣舷歌声撼渔槎。初更罢，波明浅沙，明月浸芦花。

秋江暮景，胭脂林障，翡翠山屏。几年罢却青云兴，直泛沧溟。卧御榻弯的腿疼，坐羊皮惯得身轻。风初定，丝纶慢整，牵动一潭星。

江声撼枕，一川残月，满目遥岑。白云流水无人禁，胜似山林。钓晚霞寒波濯锦，看秋潮夜海镕金。村醪窨，何人共饮，鸥鹭是知心。

——乔吉《满庭芳》四首

以上四首是从乔吉众多渔夫曲中撷取出来的。首曲讲乔吉来到古代吴楚的交界之处（江西北部），此处离他寄居的江南苏杭之地不远。江赣北部的旷远景象入目，引发了乔吉的诗性，在这里他赏江鸭观鸬鹚，几乎忘却了自身。不去惦念前尘，不去思考未来，而是完全，天人和合。宁静的江水令乔吉全身心融入其中，抛掉所有心机，几乎进入了天人合一的境界，所以乔吉用"海鸟忘机"来形容自己此刻的精神境界。

在《列子·黄帝》中曾提到"海鸟忘机"的典故。一个人每天清晨到海边去逗引鸥鸟。鸥鸟知他无捉鸟的意思，便纷纷落下与他和平共处。这个人的父亲知道之后，让他去捉鸥鸟来赏玩。等到这人再次来寻鸥鸟时，鸥鸟却看出了他的动机，始终盘桓不落。心无杂念的人才容易让人与之真诚相处，渔夫因为没有功利之心，所以能与鸬鹚交友、鸥鸟对歌，他心胸坦荡、无忧无虑，醒时戏水，困时抱着蓑衣躲在船篷内睡个昏天暗地，这是何等的舒适生活。乔吉看到了他们的悠闲自在，又如何不捶胸羡慕呢？

日月交辉、风云聚会，时间在不知不觉中流逝，被渔夫耽误了行程的乔吉不认为自己是在浪费时间，反而觉得"桃花流水鳜鱼肥"才是真正的生活，过去留恋官场不过是浪费青春的噩梦。对命途坎坷、仕宦多波澜的他来说，也就只能把对一切现实的不满转化为对荡舟打鱼的喜爱了。逃避悲痛总比陷入悲痛更容易令他接受。此后，每至傍晚，日薄西山心潮无法平息

微风不定，幽香成径　　元曲

时，乔吉对渔夫的注意就更多了。

第二首曲是渔夫收网后的情景。长河落日，云霞如烟，江山似一幅泼墨的画卷。傍晚的渔夫本该收工，忽然嘴馋起来，便现打活鱼卖钱换酒，自斟自酌。在收网过程中，渔夫放歌一曲，一副惬意的模样。等到劳作、歌唱兴尽过后，渔夫们一个个划船归家，喧闹的江面恢复宁静，只剩下清澄的水波在初升的月下微微荡漾。两岸芦蒿被微风拂过，芦花闪动，发出簌簌的声响，人心好像被这声音安抚了一样，归于平静。

通常文人们写渔夫曲，几乎都会提到"芦花"二字。在乔吉的第二首曲子末尾，也提到了此物。芦花其实并不美，白花点点，夜晚更没有什么美可言，然而这里孕育了白鹭沙鸥，滋养鱼类，是渔人赖以生存的地方。贯云石就言，在满目的芦花之中，渔人"虽无刎颈交，却有忘机友"，他们不求获得多少生活和生命的保障，却拥有令人间万户侯都艳羡不来的自由和陪伴他们的水上鸟。乔吉用"芦花"来为曲子收尾，即是要表达对渔夫生活的喜爱。

秋江暮景，夕阳醉染山林，渔翁们过着数十年如一日的生活，近可到青山，远可到沧溟，想去哪里就去哪里。第三曲《满庭芳》所描述的无拘无束式的隐逸，即是乔吉欲选择的隐遁方式。他特别以"卧御榻"的严子陵自喻，表示自己一定不能再回头留恋仕途。

严子陵是东汉的高士，王莽篡政时曾邀请他做谋士。为了避开窃国者的怂恿，严子陵避居乡野。光武帝刘秀复政之后便给他写信，亲自登门拜访求他出仕，甚至与他同榻而眠，毫不避嫌。但严子陵看透了官场互相倾轧的现实，立刻抽身归去，隐居于富春山下，常年披着羊皮夹袄于江边垂钓，不问尘缘。

卧御榻时，腿和心都是悬着的，因为伴君如伴虎，所以睡了一夜也会浑身酸痛；披着自己的衣袄坐着睡着，就算再沉重，醒来也觉一身轻。名利本为浮世重，能放下才是聪明人。想到这里，乔吉重归现实，写下了上面的第四首曲子。他纵览四下的风景，再次低头望着眼前泛着波光的湖水，内心已是豁然。于是他卧舟水上，听着浪打浪的声音，看晚霞染红江水，观秋潮时涨时停，仰望行云流水，不去寻找他人共饮，对川水残月独酌，将鸥鹭视为知音。

四曲专写渔夫的曲子，从白日写到午夜，从夏暑讲至冬寒，从头至尾其实就是乔吉的自白书。他不停地告诉自己，一定要相忘江湖、相忘江湖，他觉得没什么好留恋，也不必留恋，只去过着渔人的生活，远离市井，自制珍酿，欢歌笑语。可做渔夫就一定快乐吗？事实上渔夫也有他的苦，如能有更美好的生活，打鱼的人也未必多。就像乔吉不想慕名利而活，却根本忘不了自己的境遇，最后只能做一个尘世里自我安慰的可怜人，在若隐若现间苦痛。

踏雪寻梅慰寂寥

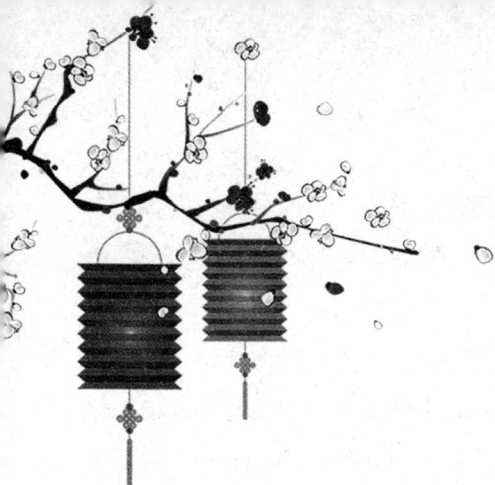

　　踏雪寻梅是古代高士惯做的雅事，也是中国文人独有的情趣。梅开于冬季，冰雪中独芳的特性，令许多好诗文的人忍不住拿其做嫁衣，为自己的文章增添几分韵致。早在《诗经》当中，梅已经成了北方各国民歌不可缺少的角色，殷商时代的人甚至拿梅子入酒入菜，成为饮食必不可少的佐料。到了南北朝时期，梅花已成不可不观的胜景，许多身在南方的人因一生未能观梅而引为憾事，而有关梅的传说更是不计其数。

　　相传隋代有男子名为赵师雄，在游浮罗山时留宿山中，夜里梦见与一位衣着朴素的女子饮酒。女子的身上芳气袭人，她身后跟着绿衣童子不时地欢歌笑语。天亮时分，赵师雄从梦中惊醒，却发现自己睡在一棵梅花树下，树上有翠鸟鸣啼，暗道也许自己遇到的是梅仙，而那童子大概就是枝头的翠鸟了。赵师雄在浮罗山中等了数日再梦不见梅花仙子，终惆怅地离开了。

这个有关梅的故事只是传说，事实上也许是梅的芳香引人多想。梅的确是会让人遐想的事物，否则也不会有那么多名士对其追寻不止。

　　梅花冰肌玉骨，傲绝于霜，独步早春，暗香浮动。唐代李白、杜甫、柳宗元、白居易均爱梅的风骨，宋代的隐逸诗人林逋更视梅为妻子，为梅写了诸多小诗。林逋的《山园小梅》中有"疏影横斜水清浅，暗香浮动月黄昏"两句，直指梅的清幽神韵，几乎可以说是咏梅的绝唱了。苏轼、陆游也同样为梅不吝笔墨。元人诸多陷于离难，能有情致赏梅的人不多，可一旦见到了梅花，依然肯为其奉上自己的心意和情感，其中以"酸甜乐府"二人为最，他二人皆是心思敏感、会苦中作乐的人。

　　"酸甜乐府"即是贯云石和徐再思，两人一号酸斋、一号甜斋。他们乐山逸水，爱写男女相恋，酸甜莫辨，其中的滋味如果不亲自体会，就不能得到他们曲中所写的黯然销魂的意味。这二人都爱梅不已，不过一个是无意间与梅相恋，一个却是有意追随梅的影子。

　　南枝夜来先破蕊，泄露春消息。偏宜雪月交，不惹蜂蝶戏。有时节暗香来梦里。

　　芳心对人娇欲说，不忍轻轻折。溪桥淡淡烟，茅舍澄澄月。包藏几多春意也。

——贯云石《清江引》二首

酸斋咏梅的小令共有四首，皆以《清江引》为曲牌，这是其一、其三。第一首写早春的梅花，此时冬雪尚铺盖大地，梅花初放似像报春，却不如桃、李、杏、樱那样争春，也不惹任何蜂蝶来嬉戏，而且到了夜晚，它的幽香丝丝缕缕的，还能进入人们的梦乡。梅在月下幽静孤高，不流俗，不媚骨，正如贯酸斋本人一般。陆游曾作诗："高标逸韵君知否，正在层冰积雪时。"正是因为梅花在千层冰雪的覆盖下依然芬芳独特，才能数千年来长啸于春。这样超凡脱俗之花，在酸斋心中就是他自己的象征。于是他在夜晚起身穿衣，去追寻梅香的源头。如此便有了上面的第二首咏梅曲。

　　贯酸斋一个人独自漫步在月色如水的郊外，看着无边的静谧天空、浩渺银河，长长地叹息一声。走过小桥溪水，隐约可听到冰下溪水的叮咚作响。远处是还冒着淡烟的茅舍，似乎是农家在烧炉取暖。正当此时，又一缕淡淡的梅香顺着微微的寒风溜过鼻尖，混合着农家烟火的味道，沁人心脾。酸斋顺着香气飘来的方向望去，才发现月下溪边正绽放的寒梅。他急忙走过去，本想抬手折一株拿回家去，但又怕损害了梅的姿态，惊动梅仙，只好忍住采撷的欲望，想象着眼前是一个绝世梅仙。

　　在酸斋的眼中，这个梅花仙子有着冰一样的肌理、玉一样的肤脂，衣服飘然欲仙的模样，而且似乎在对酸斋说些什么，欲语还休。如此更令酸斋不敢折枝，怕惊动了梅仙。然而天色灰蒙蒙发亮，午夜快要离去，清晨即将到来。酸斋所想象出来

风物无情人有情

的仙女渐渐消逝，原来她竟然是雾霭造成的幻象。此刻，空气中只剩下了梅花带来的春意。

贯酸斋笔下的梅，清幽而优美，叫人只敢远观而不敢近看。此梅曲是佳作，作者亦是佳人。而甜斋徐再思笔下的梅，也拥有同样的韵致。其实那些懂得欣赏梅骨的人，心同样都是冰清玉洁的。

昨朝深雪前村。今宵淡月黄昏。春到南枝几分？水香冰晕。唤回逋老诗魂。

——徐再思《天净沙·探梅》

甜斋徐再思与酸斋同在黄昏之后月下赏梅，情致却不同。酸斋是闻香气而去寻梅，甜斋则是为寻梅而闻香。

这首《天净沙》与酸斋的《清江引》同写于冬末春初时节，此时梅花开得并不多，必须去仔细探寻。甜斋已经寻了几天，先到前村，后到村外，终于见到了梅花。他看到的梅有着水般的清新和冰样的骨感。在黄昏之中，幽梅的姿态、香气、内涵均美到极致，已经足以唤回梅仙林逋的魂魄，来教甜斋如何去咏梅、爱梅。

看"酸甜二斋"的咏梅曲，无论是他们有意无意与梅相恋，梅花对他们的回报已经足矣。那些踏雪寻梅的高士，忍着彻骨的冰寒寻求梅仙，梅仙同样对他们的情感一一应求。然而惊破

微风不定，幽香成径　元曲

寒冬的梅花不希望人们再给它太多的咏叹，也不希望人们将它标榜得那样孤高。

后人常以"梅花香自苦寒来"来形容梅花的骄傲，只在寒冬腊月现身。而且很多诗人、词人自比梅子，想要从梅的身上沾得几分高洁的气息。然而，他们真的了解梅的心意吗？

天寒地冻，在冬风的摧残下，孤寂的不只是人心，天地也是孤单地沉寂着。梅或许正挑这时候现身，陪天地度过那难熬的苦寒，大概这才是它的精神，度人度己。

与君携手同游江山

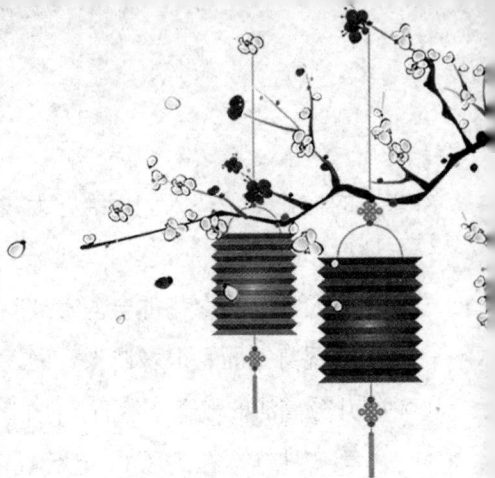

　　对常人来讲，山中应该是个能淘宝的地方，至少能从山中寻野味，得珍贵的药材。而对于文人来说，山野是采风的最佳地点。

　　"空山新雨后，天气晚来秋；明月松间照，清泉石上流。竹喧归浣女，莲动下渔舟。随意春芳歇，王孙自可留。"一幅高山流水、凉雨秋风的万物空灵野趣图赫然呈现在眼前。不是这《山居秋暝》的作者王维太多情，而是山里的万物将它们的妖娆展现给王维，让后者不得不发出欣然之语。

　　在众多元曲当中，那些说隐居生活的曲子大多充满了王维诗话的闲趣。这些曲子有景有情，不过却缺少王维笔下"浣女"的灵气。一个小小的洗衣女怎么能唤醒自然的生机呢？因为她生于斯，长于斯，是山中万物灵气的集合体。而元人的山水田园曲，往往丢了这份灵气，不过还是有一些曲人拾起了王维般

微风不定，幽香成径　　元曲

的灵机，将自然的景物瞬间激活。

生活在元中期的曲人吴弘道经过多年的仕宦生涯后感到非常疲惫，便休假去游山玩水。一次，他在山林中游玩，偶遇一个砍柴的樵夫。这樵夫颇为有趣，腰间挎着酒葫芦，一会儿喝一口酒，喝罢便吆喝两声，唱起山歌。他挑着柴一摇一摆地往山下走去，歌声在山路间环绕，久久不散。

这家村醪尽，那家醅瓮开。卖了肩头一担柴，哈！酒钱怀内揣。葫芦在，大家提去来。

——吴弘道《金字经》

樵夫的优哉感染了吴弘道，于是他便写下了这首《金字经》，来形容樵夫的无忧无虑。与世无争的樵夫，卖柴只为换酒钱，洒脱自在。也许在其看来，只要能在山林中挑着一担柴，喝着葫芦里的小酒，然后翘着二郎腿，眯上一觉，便足矣。这正是知足者常乐啊！

用柴换得酒钱之后，樵夫将钱揣入怀中，拍了拍腰间的葫芦，大笑着离去。樵夫的笑声令弘道心领神会，顿觉人情淡薄的社会开始有了不同，除了尔虞我诈的人际关系之外还有着清雅的世外灵气。难怪那么多名士爱田家生活，陶渊明到死都追求桃花源，看来个中的确是有大玄机。

虽然吴弘道并没有从山林中得到王维的野趣，但他却得到

风物无情人有情

了陶公归田园的精髓。这使他更加确定自己辞官的决定是对的。于是下山之后，吴弘道辞去了江西检校掾吏一职。此时的元朝又少了一名清正廉明的官员，山水田园里却又多了一人凑热闹。

利名无，宦情疏，彭泽升头微官禄。蠹鱼食残架上书，晓霜荒尽篱边菊。罢官归去！

泛浮槎，寄生涯，长江万里秋风驾。稚子和烟煮嫩茶，老妻带月包新鲊。醉时闲话。

暮云遮，雁行斜，渔人独钓寒江雪。万木天寒冻欲折，一枝冷艳开清绝。竹篱茅舍。

——吴弘道《拨不断·闲居》三首

官场上的俗气一旦见多了，既不能让人得到名利，也会使许多人拉开距离。这样的现实令吴弘道厌倦，因此他决定效仿陶渊明，去过"蠹鱼食残架上书，晓霜荒尽篱边菊"的山野生活。"罢官归去"的吴弘道拉着妻子和孩子，开始去寻觅古人的足迹，一边旅行一边过觅古之瘾。上面这三首《拨不断》，第一首是他的辞官前后的心路历程，二、三首即是游历山水时的见闻。

踏上方舟，将今后的人生寄托在水上，水走到哪里人便去哪里，好不惬意。长江万里不见尽头，江上秋风拂过面颊，带来屡屡茶香，原来他叫小儿子在船头煮的茶早已经好了。吴弘道抚须微笑，揽着妻子的肩膀一同走进船舱，品茶闲话。看着贤惠的妻子烹出味美的肥鱼，他佐酒吃下去，那味道美妙至极。酒足饭饱之后，一家人围着茶炉闲话家常。

时间在温馨的生活中悄然逝去，冬季的降临令人始料不及。转眼间，遮天蔽日的暮云腾升，栖息在南方的大雁向着更远的方向飞去，两岸万木霜冻易折，独留冷艳梅花和江面渔翁垂钓。

吴弘道所见到的"渔翁独钓寒江雪"画面，在很多人的诗中都曾出现，他在此处用到这一典，与柳宗元的用意略有相同之处，然而意境又不尽相同。柳宗元到湘南的永州时，被那里宝石般的山水、晶玉般的江雪所迷。千山万径中，没了飞鸟人踪，如墨般的山水寒江，旷远幽深的情境里只有一个渔翁乘舟独钓，一切都变得静谧，构成了不可言喻的"禅说"。是以他写出了一首《江雪》："千山鸟飞绝，万径人踪灭。孤舟蓑笠翁，独钓寒江雪。"柳宗元笔下的钓翁之意不在鱼，而是在享受明净、空禅的境界，以求于冰天雪地中淡定自若地活着。

但吴弘道的钓鱼翁不似柳宗元的那般孤寂和超然于外。吴弘道乐山乐水，他在江上遇钓雪孤翁，是在其彻底归隐之后，因此他的心中满是山水乐趣，见到的两岸景致，包括枯木、梅花、竹篱、茅舍，在他的眼中都是钓翁的陪衬，他营造的画面与柳宗元在《江雪》中的清冷完全不同，而是充满了"生"的气息。

柳宗元通过钓鱼翁来表现自己的孤傲不群、誓不低头，而

风物无情人有情

吴弘道借渔翁来突出自己愉快的心情，后者与前者比起来，后者的钓翁之"禅"真正充满了"悦"的感觉。

元曲人在历代文人当中也算是比较善于营造"禅"与"悦"的文学意境的。虽然这个时代的文学硕果不及唐宋，但士人因大多尝尽人生种种，又经颠沛流离，隐遁山林，所以在生活境界的领悟上并不输给前朝的文人。

不过，吴弘道的这几首曲子给人的感觉略有不同。与不同时代的文人相比，吴弘道的曲子不追求境界有多么高远，只图一点乐趣；而与同时代的文人相比，大多士人的内心都充满苦涩感，导致他们的文风也带着苦涩和怨怼，吴弘道却一反常态，完全是一派悠然自得，与家人同乐的模样。

其实，人有悲欢离合，月有阴晴圆缺。很多文人都懂得这个道理，但他们不愿意释怀。而吴弘道心知自己无法控制时间和现实境况，可是他能够控制自己的心境，既然进入官场而不得志，那就带着家人快乐地去过山外青山楼外楼的生活，找一找前人的踪迹，为自己觅点乐子，也不失为一种消遣。他不必非要扎进田园吃苦受累，即便心中向往陶公，也不必非要如陶公一般过着苦涩的日子，人想要自己变得快乐，应当有很多法子。

一只小虫，
予人禅机

文人多喜好咏物，有说花草的、有说山水的、有说建筑的、有说绘画的，但能把蚊子说得娇媚无边的，恐怕只有宋方壶一人。

宋方壶本名子正，后改名为"方壶"，这二字来源很有意思。他生活在元末明初年间，因避战祸而一直隐居山中，曾移居华亭，住在莺湖西面一处三面环山、一面朝水的地方。屋子修得四四方方，可遮风挡雨，他时常仰望天空，感到自己如同坐在一个"方壶"之中，喝酒下棋，惬意无比，于是把名字改了，表示自得其乐。还有人说他曾到过一处名为"方壶"的仙山，在那里住了很久，便给自己起了与山相同的名字。无论名字来源怎样，皆可看出宋方壶很少入世，大多都是过着隐居的生活，平时以蚊虫为伴，是以作出咏叹蚊子的文章也未尝不可。

妖娆体态轻，薄劣腰肢细。窝巢居柳陌，活计傍花溪。相趁相随，聚朋党成群队，逞轻狂撒蒂娟。爱黄昏月下星前，怕青宵风吹日炙。

【梁州】每日穿楼台兰堂画阁，透帘栊绣幕罗帏。帐嗡嗡乔声气。不禁拍抚，怎受禁持？厮鸣厮哑，相抱相偎。损伤人玉体冰肌，孱人娇并枕同席。瘦伶仃腿似蛛丝，薄支辣翅如苇煤，快棱憎嘴似钢锥。透人，骨髓。满口儿认下胭脂记，想着痒懒懒那些滋味。有你后甚是何曾到眼底？到强如蝶使蜂媒。

【尾】闲时节不离了花香柳影清阴里睡，闷时节则就日暖风和叶底下依，不想瘦躯老人根前逞精细。且休说香罗袖里，桃花扇底，则怕露冷天寒怎时节悔。

——宋方壶《一枝花·蚊虫》

乍一看这首套曲的第一段曲，读者往往误以为作者在咏叹一名美丽的女子。该女子有着妖娆的体态、不盈一握的腰身，怕风吹日晒，喜爱在月下谈情看星星。可是人们何曾听过美女"窝巢""成群结党"？仔细再读文章，才知宋方壶所写的并不是人。

在"梁州"一曲中，宋方壶尽力表达自己对蚊子的讨厌程度。首先被蚊子叮咬后会痛痒难耐，在身上留下一个红肿的胭脂印；它的叫声令人郁闷发狂，在夜晚时出入于亭台楼阁缝隙处，看到罗帐、闻到血气便会见缝插针。白居易就曾在《咏蚊

微风不定，幽香成径　　元曲

蟆》中写道："咂肤拂不去，绕耳薨薨声。"深表对蚊子行为和声音的唾弃。"梁州"里写的正是蚊子的这种形态，瘦骨伶仃、羽翼薄小、尖嘴猴腮，专挑美女叮咬。

"尾"曲写吃饱喝足的蚊子到了白天就拣一处花香四溢、树影连连的地方，枕着暖风睡觉。看到枯朽的老人根本不屑一顾，因为他们的血没味道；而遇到妙龄美女时立刻飞扑上去。原来蚊子咬人也讲原则，也分时节。

宋方壶的咏蚊其实本是骂蚊，但他把文章写成了极美的骂文。言辞优美，字里行间韵味十足，处处可以看到蚊子的轻盈姿态，实则是骂蚊子见缝即钻的无耻，表示宋某人对蚊子的不屑。

明曲学家王骥德研究曲律时说，咏物如果是骂题，不在于说物体的外表如何，而是将它的功用或者是神韵描绘出来。佛家所谓不即不离、似相非相就是这个道理。看似一目了然，但并没有捉摸到其真谛，这样的咏物文才是绝佳上品。

宋方壶笔下的蚊子，就有这种"似相非相"感。其实蚊子并非真的蚊子，而是宋方壶对尘世的一种比喻。红尘如蚊，而他就是冷眼观蚊的人，也许这就是宋方壶生活的禅道。

世间的人挣扎于七情六欲，可是久而久之，便对缠人不休的欲望生出疲厌："这些诱人的色声香味，不要再来到我的面前，使我眼见心烦。"可是各种欲望依然如旧，不断纠缠人心，于是人们按捺不住大发雷霆，再次诅咒："我要你迅速消失，永远不要再出现，为什么你还来纠缠，让我见到心生烦恼？"其实折磨人的不是眼前的"声色货利"，不是各种各样的欲望，而是自己的内心。一个人经过长途跋涉，非常疲乏和干渴，当他看见一条竹筒连成的水道淌出清清的细流就赶紧跑过去捧水便喝。喝饱后他满足地对竹筒说："我已经喝够了，水就不要再流了。"但此话说完后，水依然细细地流着，这人心中恼火，喝道："我喝完了，叫你不要再流，为什么还流？"

水从自然之力，怎能任人摆布呢？人要想获得真正的智慧，便要抛开欲望，控制自己的七情六欲，这样才能得到解脱。为何要执着于眼前的纷繁事相，诅咒它再也不要出现呢？蚊子在遵从着它的生命轨迹，不管你如何讨厌，只要不理会它，它对你来说就没有影响。宋方壶选择隐居和玩转山水，同样抱的是这种游离和超脱的心态，尘世对他来说只是一恼人事物，他为什么还要执着于它呢？不如冷眼旁观它，这样它也就不会来叨扰自己，给自己造成困扰。

元文人中有一些人一直秉持着这种态度，若即若离地在尘世生活，对万水千山流连不已，对花花世界大为皱眉。可是，大部分的士人仍在被"兼济天下"的想法束缚着，即使离开了俗世，也不能真正安生。宋方壶自言四壁芳草、仰望高空，怡然自得，但还是写了许多对社会不满、讨伐奸党林立的词曲，对新兴的明王朝不胜拥护，也就是说，他还不能真正放下。人总是在说话之时，做着违心之事，是无奈还是看不透呢？

微风不定，幽香成径   元曲

半点相思
半点泪

亦舒曾说：『爱一个人绝不潇洒，为自己留了后步的，也就不是爱。』因为世人爱得疯魔，所以元人写得痴狂。他们在情感索求上失败，希望在曲中寻到情感的永恒。问君为何如此痴，全以为当初不过是件再寻常不过的事，然而蓦然回首，才道佳人难再得。

相思刻骨，
最是累人

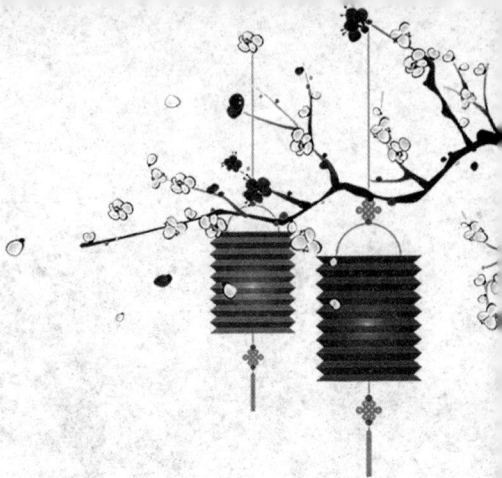

"我住长江头，君住长江尾；日日思君不见君，共饮长江水。此水几时休？此恨何时已？只愿君心似我心，定不负相思意。"李之仪的一曲相思词，不知应了多少痴男怨女的心声。滔滔江水连绵不绝，思念之情亦如水滚滚不停。柔情蜜意、贪嗔痴恨，化作江水，盘盘转转。只愿君能怜我一片痴心，彼此都不要负了相思意。

词中的描写处处有情，把"相思"二字说得通透。相思为何？南朝后齐的王融在《咏琵琶》中写道："丝中传意绪，花里寄春情。"如果男女相爱，情感不可断绝，那么当男女不常见面时，情感如同藕丝般不断，"相丝"也就产生了。

"相丝"即"相思"，相思如"丝"，剪不断，理还乱。因此无论古今人士都说相思最苦。不过怨妇的苦与少女怀春的苦可是不同，怨妇的那个苦在心里，例如关汉卿的《大德歌》四首，不见那女主人公说一句相思的话。可是少女的苦只苦在嘴上，心中既有惆怅，又有甜蜜。

在万千的元曲当中，最会写少女怀春、日日相思的当属徐再思。他的名字是"再思"，即"再三思量"的意思，其曲的内容也大多有"再三思量"的意蕴，不知是否机缘巧合。

徐再思的恋情曲缠缠绵绵，用词和情感都能营造出回环往复的效果，这点并不是那些好以男性身份揣测女性心思的诗词者能轻易做到的。

平生不会相思，才会相思，便害相思。身似浮云，心如飞絮，气若游丝。空一缕余香在此，盼千金游子何之。证候来时，正是何时？灯半昏时，月半明时。

——徐再思《蟾宫曲·春情》

许多散曲作家写男女相思，通常凭借外物来隐晦言明，关汉卿便是个中的行家。不过徐再思的《蟾宫曲》中却句句都是"相思"二字，但丝毫不令人觉得啰唆。

徐再思的这首《蟾宫曲》，题名既然是"春情"，自然与相思、思春有关。看曲子表达的口吻，主人公应当是少女，因为徐再思在第一句就说了"平生不会相思，才会相思"，显然这是初恋情怀。

少女正值豆蔻年华、情窦初开之际，刚与爱人分别，便害起相思病。思来想去，浑身无力，好像生了重病，晕眩得如置身云端，心如飞絮，气若游丝。仔细嗅那空气中的味道，似乎还有俏郎君身上的气息残留，可是他的身影却已不见，好想他快一点回来。可是他到远方云游去了，何时才能回来呢。盼着盼着，月儿半落，灯儿忽明，依旧不见俏郎君的身影，相思更加刻骨铭心。

人们常说，初恋的爱情是甜的，如同吃了蜜果、仙丹，一旦分开，思念就会愈演愈烈，令人长吁短叹。通常患这种相思病的都是在春天，是以才有"春情"一词。

徐再思笔下的少女，在春天幻想爱情幻想得厉害，无论欢喜与悲愁，总之最喜欢在春暖花开时凭栏倚望，盼望情郎归。那种苦中带点甜蜜，甜蜜里又渗透苦涩，跟关汉卿笔下的思妇截然不同。有时，仔细读徐再思的曲就会有一种错觉，那些相思中的女孩似乎就是他的化身。

清代的褚人获在《坚瓠集·丁集》里有徐再思的一段轶闻，说他曾在外漂泊十余年不归家，很可能在太湖一带游荡。徐再思是元代后期出了名的才子，虽然没当过大官，但是很多文人雅士都听过他的名字。如此出色的人，在外漂泊肯定与其际遇有关。长期的游荡生活，令他的心脆弱而柔软，易触景生情，因此他的文笔总是那样柔得如水，易于渗入人的内心，引起人的共鸣。

相思有如少债的，每日相催逼。常挑着一担愁，准不了三分利，这本钱见他时才算得。

——徐再思《清江引·相思》

此曲与上一曲一样，也是徐再思的相思曲名作。再思把思念比作欠债，而且这债还不起，放"情"贷的每天都来催逼。终日背负这沉重的愁苦，不知道什么时候能偿还完情债，也不知道该偿还多少，恐怕只有见了思念中的人时，才知道如何计算本钱与利息。

徐再思的《清江引》，简简单单几十字，不用典，不取巧，只用本色语言，用债务来比喻相思。元代的高利贷在中国历史上是出了名的凶狠。如果思念好比高利贷款般难还，可以想见此时人的心有多么痛苦。徐再思这一比喻实在是妙。关汉卿也曾把思念比作高息贷款，却没有徐再思说得形象逼真。

相思，缠缠绵绵，是痛并快乐的，然而世上最毒的也是相思，思来想去，害的最终都是自己。多少戏剧大家所编纂的爱情剧目中，因相思而死的男女不在少数，比如梁山伯与祝英台，相思成就了他们永恒的悲剧。许多故事因为有了人的美好寄望，所以结局设定了男女走到一块儿，然而事实往往残酷得多。

曾经在网上流行过一首小诗，讲述男女情窦初开的时候，情人"就是那只轻盈飞舞的蜻蜓，旋落在我初露的尖角上，声声弹响我颤动的心弦"。然而分别之后，"那份渗入骨髓的相思，我将要用几生，才能把它拔除"？刻骨铭心的思念就像一根倒刺扎在心坎儿，恐怕用几生积蓄的力量都不足以承受被拔出的痛苦。

很多人都非常喜欢相思豆这种东西，把它串成链子戴在手腕，缠住情人的心意。然而大部分人都不知道，相思豆却是世间罕有的毒物，其毒性超过砒霜。若是不小心咬碎，它的汁可叫人肠穿肚烂。古人之所以给这种豆子起名为"相思"，其实并不是说"相思"可爱，而是说它害人不浅。

徐再思笔下的"相思"，虽没有明确的害人不浅，其实可怕到甚至超过了元代最凶残的社会现象。相思不累人吗？看多少男女为它寻死觅活，就知道相思确实累人了。然而，明知道它会让人万劫不复，可是情感丰沛的人类，却不断地让自己去做它的祭品。

　　　　　　微风不定，幽香成径　　　元曲

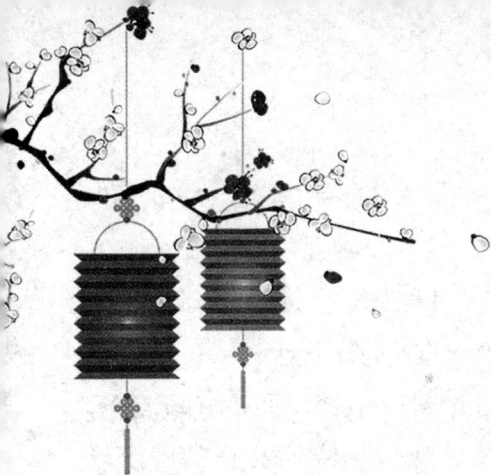

最珍贵的不是「得不到」和「已失去」

在民间的传说中有一种鸟，雌雄双飞，形影不离。根据《尔雅》的记载："南方有比翼鸟，不比肩不飞，其名谓之鹣鹣。"看来这传说中的鸟确有其踪。后来人们常常用"鹣鹣情深"来形容男女之间爱恋之深。白居易亦曾诗云："在天愿作比翼鸟，在地愿为连理枝。"大概在诗人、词人的内心，都把"比翼鸟"看作爱情的神圣代表。

然而，世上当真能做到比翼双飞的男女又有多少，劳燕分飞或许更多，要么便是为了爱情失去更多值得珍惜的事物，落得"鸳鸯织就欲双飞，可怜未老头先白"的下场。不过尽管如此，仍有人如飞蛾扑火般投向了爱情的烈火，纵使粉身碎骨亦坚持自己的决定。白朴在《墙头马上》里塑造的经典人物李千金，便有这样惊人的魄力和不悔。

《墙头马上》是白朴一生戏曲里的最得意之作，倾注了他很

半点相思半点泪

多感情。剧中的主人公李千金，名字就是"千金"，也可以视作她的代称。她是洛阳官宦人家的小姐，刚过二八年华，小女儿的心事便由原来的红妆刺绣及玩耍转变为考虑嫁人的问题。

　　剧情是从李千金在某日趴于墙头向外张望开始写起。长年不出闺门的她，因为对外面的世界格外好奇，便爬上梯子登墙，看院外大街上的风景。心情略显惆怅的千金深吸了一口气，轻轻地唱道：

　　【寄生草】柳暗青烟密，花残红雨飞。这人、人和柳浑相类，花心吹得人心碎，柳眉不转蛾眉系。为甚西园陡恁景狼藉？正是东君不管人憔悴！

——白朴《墙头马上》第一折

　　开始是写李千金所住的园内情景："柳暗青烟密，花残红雨飞。"在李千金眼中，园内景物残破，徒惹佳人不快，实则是佳人不快，才看不惯园内的风光。

　　就在她百无聊赖的时候，突然见到一个俊美至极的书生骑马经过。两人四目相对，风拂过，掀起二人的发丝，勾勒出他们清新的轮廓，那一瞬间，他们彼此均感如沐春风。千金脸上一红，急忙从梯子上下来，躲在墙后。

　　骑马的书生并不是普通人家的孩子，而是工部尚书裴行俭的儿子裴少俊，但李千金并不知晓。裴少俊当时十八岁，墙头

微风不定，幽香成径　　元曲

惊鸿一瞥，觉得李千金貌若天仙，一时间心潮涌动，文思泉涌，随手写了首诗，抛进了李家的墙内。躲在墙后的李千金拾起诗来看了看，微笑着回写一首抛出去。此后，两人便常以传小诗的形式恋爱。以诗传情是古人常常采取的形式，王实甫的《西厢记》里就有类似的情景。

李千金的乳母发现二人偷偷恋爱，可怜他们爱得辛苦，便帮他们两个私奔。裴少俊遂把李千金偷偷带回家藏在后院，整整七年，裴家人都没有发现李千金的存在。在这七年当中，李千金还为裴少俊生了两个孩子：儿子端端，女儿重阳。

许是天不从人愿，又或者事情早晚要曝光。端端和重阳在玩耍的时候被工部尚书裴行俭发现了，后者几番追问裴少俊，才知道他竟然早已暗结连理，便大骂李千金不知礼数，迫使裴少俊休了她。李千金据理力争，但裴少俊却拗不过父亲的威逼而休了她。痛苦异常的李千金唯有回到洛阳，却发现父母双亡，一时间悔恨不已，心念着："家万里梦蝴蝶，月三更闻杜宇。则兀那墙头马上引起欢娱，怎想有这场苦、苦。都则道百媚千娇，送的人四分五落，两头三绪。"（《墙头马上》第四折"醉春风"）想当初只顾着恋爱，可七年下来却落得被休的下场，父母又双双亡故，人生还有什么希望？万念俱灰下，她去了父母的坟前守孝，寻个清净。

时光匆匆流逝，大半年过去了，裴少俊中了进士，担任洛阳令一职，将父母接到洛阳，打算与李千金再续前缘。但是李千金那时早就断绝了复婚的念头。而且她痛恨裴少俊耳根子软，就那样休了自己，缘分已隔，还有什么可续，于是死活不肯答应复婚。

而裴行俭这时知道了李千金竟然是自己的旧交李世杰之女，便主动跑去跟她道歉，希望她再做自己的儿媳妇。李千金被求得心烦，又看到自己的儿女抱着她的大腿不肯松开，无奈之下只好原谅裴少俊了。总之一切便是皆大欢喜。

一个墙头、一匹高头马，成就了这段姻缘，所以白朴为李千金与裴少俊的故事起了《墙头马上》的名字，以言表对墙头、马背等"媒人"的感激。白朴为李、裴设定的美好结局，让这个故事成为元杂剧四大爱情剧之一，也是难得的喜剧。然而在真实的生活中，李、裴二人原型的结局却并非如此。

这个故事本来源于白居易的一首诗《井底引银瓶》："妾弄青梅凭短墙，君骑白马傍垂杨。墙头马上遥相顾，一见知君即断肠。"一个女子爱上了一位男子，二人同居了五六年，终被家人发现。男方家里认为，没有三书六聘就进门的女人，甚至连妾都算不上，便将女人逐出门。回到家中的女人趴在墙上，看着墙外骑马而过的夫郎，二人虽然近在咫尺，实则已远如天涯，一时间心如刀割，肝肠寸断。白居易在写唐明皇与杨贵妃的时候，说出了"在天愿作比翼鸟"的美好愿望，可是在同是由他所作的这首诗中，写的却是"劳燕分飞"。

现实的残酷让人们心灰意冷，所以人们把美好的寄托全放在向往当中。许多古代的悲情故事，在曲人、剧作家的笔下都变成了欢喜结局，这些作家们想从世人那里看到感动和欢乐的泪水，而不想看到他们为一个个悲情故事而痛哭流涕。

乔吉在《天净沙·即事》一曲里曾写道："莺莺燕燕春春，花花柳柳真真，事事风风韵韵，娇娇嫩嫩，停停当当人人。"在爱情美满的人眼中，一切的事物都变得美好，莺莺燕燕不再是杜鹃啼血，花红柳绿不再是满地飘零，女人也娇娇嫩嫩、风韵十足，男人自然也春风得意、丰神俊朗。

美好的感情不只会令当事人变得风采十足，也会使欣赏它们的人觉得赏心悦目。在古今文人的笔下，爱情无论好坏，都是行文的永恒主题，人们在怨怼情感生活不美满的同时，也愿意给予它厚望，因此不如把惨剧化作喜剧呈现给世人。这也就是白朴写成《墙头马上》的重要原因。

然而，《墙头马上》的启示却不单纯是如此，其实人世间的真正爱情不是去珍惜那些"得不到"和"已失去"的东西，而是当珍惜眼前人。人们总是说，失去了才知道珍惜。但是为什么偏要等到失去了才珍惜呢？为什么不在拥有的时候牢牢握住呢？

夕阳西下，一个人形单影只地与垂暮一起消失在地平线。再回首，无人在身后等待你的归去。这就是情人们想要的吗？断然不是！

白朴笔下的李千金，得到了后世的大量"粉丝"，是因她面对爱情够坦诚坚贞，在决裂的那刻也够坚定果断，虽然最后她看在孩子们的分上原谅了裴少俊，但她的骨气并没有放下。李千金敢爱敢恨，不怕"得不到"，也不怕"已失去"，一个女人拥有超越时空的魅力便在于此。

很久以前在日本有这样一种说法，青年恋人在相爱达到最高潮时，有的竟然选择双双跳入火山口中，让他们的爱情永垂不朽。这种以死为代价的痴恋虽然并不可取，但他们对爱情的忠贞让闻者的灵魂都为之震颤。在得到的时候去拼命地守护，爱情才不会落地成灰。

爱若久长，忍得别离

　　"倩女幽魂"出于蒲松龄笔下的《聊斋志异》，其中聂小倩的可怜与宁采臣的钟情，成为中国式的"人鬼情未了"。然而最早的"倩女离魂"却不是从蒲松龄开始，而是来源于唐代陈玄佑的《离魂记》。后来元杂剧大家郑光祖辞官归隐全身心投入戏剧创作，遂精心编排了这段故事，一部《迷青琐倩女离魂》的悲情戏就这样问世。

　　郑光祖的"倩女"并非聂小倩，也不是真的鬼，而是因情而差点离魂死去的富家小姐张倩。张倩与秀才王文举从小指腹为婚。王文举不幸父母早亡，家庭落魄，适婚年龄时到张家提亲，不料张母嫌弃王家无权无势，打算悔婚。为了让王文举知难而退，张母便借口说只要他中了进士，就将张倩许配给他。

　　张倩对情感格外忠贞，知道母亲有意为难，便在王文举赴京应试时来到柳亭与他告别，一面勉励，一面诉衷情。热恋中

半点相思半点泪

的人硬是被分开，个中滋味难解难纾。

【元和令】杯中酒和泪酌，心间事对伊道，似长亭折柳赠柔条。哥哥，你休有上梢没下梢。从今虚度可怜宵，奈离愁不了！

【后庭花】我这里翠帘车先控着，他那里黄金镫懒去挑。我泪湿香罗袖，他鞭垂碧玉梢。望迢迢恨堆满西风古道，想急煎煎人多情人去了，和青湛湛天有情天亦老。俺气氲氲喟然声不安交，助疏剌剌动羁怀风乱扫，滴扑簌簌界残妆粉泪抛，洒细蒙蒙浥香尘暮雨飘。

【柳叶儿】见渐零零满江干楼阁，我各剌剌坐车儿懒过溪桥，他圪蹬蹬马蹄儿倦上皇州道。我一望望伤怀抱，他一步步待回镳，早一程程水远山遥。

——郑光祖《迷青琐倩女离魂》第一折

这三段唱曲，便是张倩和王文举在亭中送别的情景。"元和令"一段单讲二人饮酒告别。和着泪饮一杯苦酒，张倩知道就算对王文举说尽千言万语，也不可能将他拉回身边，对方去赶考毕竟是为了自己，她所能做的只有折柳相赠，让他别把自己忘了。过去中举的人经常会忘了糟糠妻，再娶一房妻室。张倩怕王文举也做负心人，再三叮咛他不要三心二意，不然她对母亲表示坚持不改嫁就没了意义。

看着书生的马渐行渐远，她也登上了马车，但仍在掀帘眺望。"后庭花""柳叶儿"两段里便满含告别之后张倩不舍的情绪。望着古道迢迢，她在西风中垂泪，风过泪干，下一缕泪水又沾巾。俗话说，女人是水做的，泪水总是女人最好的武器，但这次张倩没有用泪水去挽留王文举，而是在后者离开许久才潸然泪下，其中的用心良苦青天可鉴。天若有情天亦老，本以为青湛湛的上天不会被自己感染，哪知回城的途中已经烟云弥漫，羁乱的风刮个不停，扫走了一地落叶。在呜咽的风雨声中，张倩更加控制不了自己的情绪，哭出声来，但她却再不敢望对方一眼，就怕自己的不舍让欲走的书生掉转马头，耽误了前程，那样两个人就再没有结缘的可能性了。

男女别离，女人的离情总是比男子深重。"蛾眉能自惜，别离泪似倾"（贯云石《金字经》），女人们知道应该克制凄苦，珍惜自己，可到了执手临别的时候，往往难以自抑。等到夜半三更无人陪时，则更加愁不能寐，看天上明月一弯，更显清冷。张倩克制得了临别时的泪水，却无法遏制别后的相思。所以王文举离去不久，她便思念成疾。

《迷青琐倩女离魂》此后的三折子戏，即是张倩因为相思而离魂、由离魂再到回魂的经过。一开始，张倩只是终日做着王生归来的梦，听到些许动静便趴到窗台上去看。错认了人之后独自伤悲，恨自己不应该在柳亭赶王文举走。就这样在"远浦孤鹜落霞，枯藤老树昏鸦"中，听着长笛一曲，思念情郎，最后她病卧榻上，昏迷不醒。原来是魂魄不听人指挥，跟着王文举的脚步赴京赶考去了。

王文举还以为张倩真的追着自己来了，便高高兴兴地和她的魂魄在京城生活了三年，直到状元及第衣锦还乡，打算正式拜访岳母大人，于是便修书一封给张母。哪知道两人一回到家中，张母便狂奔出来说张倩是妖魅，自己的女儿则快要病死了。王文举闻言大惊失色，拔剑就要杀了跟在自己身边三年的"人"。张倩一时凄苦，魂魄一下子竟回到了自己的卧房，看到自己的原身形销骨立，不成样子，不禁悲从中来。哪知道一时激动，魂魄瞬间又回归身体之内，整个人终于醒了过来。张倩与王文举的结局可想而知，在郑光祖的笔下得到了一个圆满的结局：二人厮守，皆大欢喜。

元人最喜欢把爱情和美的愿望放在他们所写的戏曲当中，然而这也恰恰成了他们在现实中身世不幸的最佳对比。越是在剧中欢欣，在戏外则越是痛苦。情若是久长，别离也就没有那么痛；人生如果美满，悲欢离合不过是调剂品而已。由此可以看出，郑光祖在写离魂倩女的情感时，最后的欢喜结局并不是他真实情绪的表露，反而是第一折的别愁，被郑光祖写得细腻处见真情，说明他内心充满对身世可怜的同情。

钟嗣成的《录鬼簿》里记载，郑光祖是个生卒年不详却有才情的人，与关汉卿、马致远、白朴齐名。少年时习儒，后来做了杭州的小官吏，一直居于南方。因为性格方直，与官场的人处不来，干脆半公半闲，与当地的伶人歌女为友。有时他看

　微风不定，幽香成径　　元曲

这些风尘中人身世可怜，便为其写剧以供他们赚钱，自己也能拿一些稿费混口饭吃。他在《迷青琐倩女离魂》的剧中可怜张倩与王文举殊途之情，大概是看遍了伶人、歌伎们不能情有所终，便为他们虚构理想的爱情花园，也为自己寂寞的心找到一个可供栖息的秘密园地。这也是他从来不去触碰散曲和小令的原因，并不是他没有文采，而是因为散曲会暴露一个人的情绪，他怕说得越多越是伤心，所以只写剧本。然而，这并不代表他无心，反而是因为有心，他才写得出堪与《西厢记》媲美的《倩女离魂》。后人说他写剧本不为政治只为调剂生活，从不去揭露现实，可从张倩与王文举在柳亭惜别的情形，不难看出其中都是他对真实生活的种种叹言。

侬本多情，当为自己而活

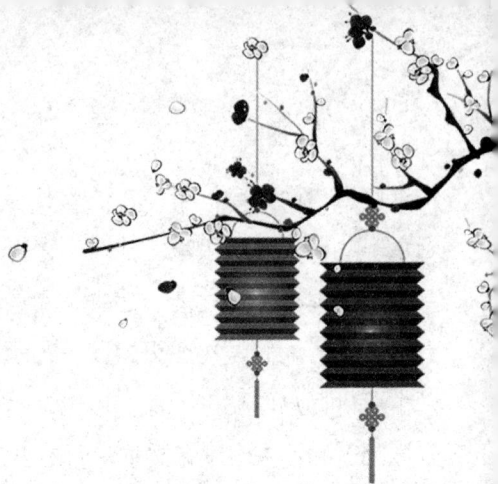

古有三姑六婆，"三姑"是指尼姑、道姑、卦姑；"六婆"则是指牙婆、媒婆、师婆、虔婆、药婆、稳婆。一说到媒婆，就会让人忍不住想起包子头，罗圈腿，大红嘴，唇上还有一颗痦子的老太婆，身着花花衣服，到处去给人说媒。瘸的说成能飞的，哑的说成能吹的，全靠一张嘴，对她们有好印象的都是父母之辈，想追求自由恋爱的年轻人看到她们就会敬而远之。

电视剧里给媒婆的形象画了一个永恒的框框，让人们大多讨厌至极，但是对于红娘这个角色，却很少有人望而却步。俗话说，做一次媒添一次寿，很多人都愿意做一次"红娘"，给别人牵红线，搭鹊桥，最后享受谢媒酒外加谢媒金。红娘之所以这么受欢迎，不得不归功于王实甫。

王实甫的《西厢记》并未让后人锁定张生、崔莺莺等角色，却把最佳女配角红娘推上历史舞台，实在是他的不经意之举。

《西厢记》原本是由唐代元稹的传奇小说《莺莺传》改编的。主要讲张生和莺莺恋爱的波折，红娘不过是个不起眼的丫鬟，但在王实甫笔下却加了她的戏份，将其作为张生和莺莺爱情的催化剂。不料这一增戏份，却把红娘捧红了。

不必细述《西厢记》的种种情节，只简单讲讲张生与莺莺的邂逅与续缘。崔相国身故，夫人郑氏为丈夫送灵柩回河北安平安葬，身边带着女儿崔莺莺。在行至河北的途中因故受阻，郑氏等人只好暂居河中府普救寺。

寺中的住客当中还有一书生张生，他本是前礼部尚书之子，父母死后家境败落，赴京赶考也经过此地，在普救寺中停歇数日，碰巧正遇到在寺中游览的崔莺莺和红娘。张生见莺莺美貌如花，立刻一见钟情，唐突地送了莺莺一首赞美诗。他原以为会遭到莺莺的拒绝，没想到莺莺竟然回了一首诗。从此二人就这样悄无声息地以情诗为媒介开始恋爱。几日下来，崔夫人发现女儿的行为反常，暗中叫红娘监视莺莺，却不料红娘阵前倒戈，反而帮助两人私下幽会。

当朝叛将孙飞虎听闻崔莺莺有"倾国倾城"之容，便率领五千人马，围困普救寺索求美人。崔夫人一心求能够解围，声称只要能解"普救寺之难"，就将崔莺莺许配给那人。张生立刻书信一封给他的八拜之交、征西大元帅杜确，铲除了孙飞虎这个大害虫。但之后崔夫人却突然出尔反尔，声称莺莺已经许配给公子郑恒。张生只能和莺莺隔墙以琴表心意，通过红娘进行书信来往。

　　红娘之所以极力撮合张生和莺莺的情事，一开始是热心，后来则带几分私心。在她帮助张生穿针引线时，张生表示过要好好酬谢她，她却说："不图你甚白璧黄金，则要你满头花，拖地锦。""满头花"和"拖地锦"其实是古代婚嫁的礼服，她的意思是希望张生能娶她。

　　女作家侯虹斌对这点曾有过一段解读：红娘是崔莺莺的丫鬟，以她的身份只能终身为婢，嫁人也只能嫁给下等人，生子生女都是奴婢。但古有"陪嫁丫鬟"一说，小姐嫁出去之后，富家有权纳小姐的丫鬟为妾。红娘极力撮合张、崔两人，也是她相中了张生的人品，希望后者能顺带娶她。而且她不止一次暗示过张生，明里暗里都在问张生如何"报答"她。她的想法并没有原则性错误，利己考虑是因为身份卑微而引发的权宜之计，倘若张生断然不娶她，她也没办法。何况她并没有损害任何人的利益。

　　在红娘的协助下，张生与崔莺莺虽然能隔墙幽会，但无法见面依然让两人活得很苦。几天之后，张生就因相思而病倒，莺莺也因日思夜想魂不守舍。崔夫人便叫来红娘严刑逼问，才知张、崔两人一直有来往。红娘料定夫人听闻之后会怒不可遏，不但不怕，倒干脆为张、崔辩驳起来，指责夫人不通人情。

　　【秃厮儿】我则道神针法灸，谁承望燕侣莺俦。他两个经今月余则是一处宿，何须你一一问缘由？

【圣药王】他每不识忧，不识愁，一双心意两下投。夫人得好休，便好休，这其间何必苦追求？常言道"女大不中留"。

【麻郎儿】秀才是文章魁首，姐姐是仕女班头；一个通彻三教九流，一个晓尽描鸾刺绣。

【幺篇】世有、便休、罢手，大恩人怎做敌头？起白马将军故友，斩飞虎叛贼草寇。

【络丝娘】不争和张解元参辰卯酉，便是与崔相国出乖弄丑。到底干连着自己骨肉，夫人索穷究。

——王实甫《西厢记》第四本第二折

这五段唱腔出于《西厢记》第四本第二折，是红娘最出彩的段子。"圣药王""麻郎儿""幺篇"三段曲子是红娘赞崔、张是才子佳人、情投意合，而张生的义兄还是大将军，与崔家门当户对；而"秃厮儿""络丝娘"两段里，确是红娘直接损老夫人不守信用，坏人家姻缘，连心头肉的好女儿都不管不顾。五曲铿锵有力，完全展露了红娘伶牙俐齿的一面。

老夫人被红娘一连串的抢白，弄得一句话也说不出来，思来想去，考虑到张生义兄杜确的身份，只有同意二人交往，但要求张生必须考取功名才允许他和崔莺莺结婚。不久，张生果然考得状元，立刻赶往家中报喜。然而一波未平，一波又起，郑恒突然横插一脚，欺骗莺莺张生已经成了卫尚书的东床快婿，意图染指莺莺。好在张生和杜确及时赶到，惩治了小人郑恒。而张生终于得偿所愿，抱得美人归。此时的张生早把答应红娘的事情忘在脑后，小小的红线人只能黯然退出了舞台。

　　红娘的可爱、大胆、泼辣赢得了众多人的喜爱，然而人们总是看不到一个角色背后的悲剧。据说当代学者吴晓铃曾在他的书中说红娘想要张生娶她为妾才肯那般全力帮忙的，这个言论在当时遭到很多读者的痛骂。其实，是由于人们对戏剧形象要求过于完美的惯性在作祟，让人们不愿承认红娘的私心，然而这却是王实甫要在《西厢记》里突出红娘的真正原因。红娘的个性再坚强泼辣，但她一样是一个需要呵护的小女人，她并不是人们心目中的神，而是一个没有社会地位的女人，仅仅想要为自己寻找出路。她撮合莺莺与张生，既不损人又可利己，这才是真实的人性。王实甫正是站在人性的角度进行艺术的探索。

多情应笑我，早生华发

在元代，任何人都可以被遗忘，但关汉卿不可以，作为东方戏曲大师的他给了很多人深刻的记忆。关汉卿脾气倔强，单是他自比一颗千锤百炼也不变的"铜豌豆"，不知使多少人对其刮目相看。然而关汉卿的洒脱个性里也是伴着柔情的，因为他的戏剧太过耀眼，人们只注意到他那疏狂的个性和不羁的处世态度，往往忽略了他所写的散曲，其中有他太多的似水情深。

有人说，男人爱揣测女人的内心，喜爱用女人的口吻去落笔成文，是因为部分男人的心柔软多情，但是无法直接开口诉说内心的痛苦与甜蜜，只好通过女人来表达。也许这个说法是对的，至少关汉卿是个多情的人，他同情怜悯那些身在民间底层的妇孺，所以他非常喜欢写她们的生活和情感，并且常常以她们的口吻，诉说人世的不平和对生活的向往。不仅如此，关汉卿最深情的笔触不是遗落在戏曲当中，而是为数不多的散曲。

关汉卿的散曲写闺怨和妇愁的要多过写初恋女孩的欣喜，尤以一组《大德歌》为最。选择写闺怨曲，是因为在那个时代伤心的人通常多于欢喜的人。而且伤心人的事情，更能引起人们的共鸣。

　　子规啼，不如归。道是春归人未归，几日添憔悴。虚飘飘柳絮飞，一春鱼雁无消息，则见双燕斗衔泥。

——关汉卿《大德歌·春》

春天是心灵萌动的季节，正是谈情的好时节，人们也总是喜欢把这个季节作为许诺的时光：来年春天会怎样……

关汉卿笔下的春天，也是情动的季节，不是情窦初开的思春，却是相思的伊始。曲中的主人公是一位思妇，在春日的早晨聆听杜鹃"不如归去"的叫声，心生些许忧伤。这样的时节让她想起去年情人临走时候的情景，情人曾说会在今年的春天回来的，可是她等得柳絮漫天飞舞，落入水中化为腐朽，等到燕归来衔泥做窝，春风阵阵，情郎却杳无音信。此时的思妇的等待，大有"衣带渐宽终不悔，为伊消得人憔悴"的执着。

一曲《大德歌》，七语情词，虽没有一句提到"相思"，然而句句却道出相思无尽，其中的百无聊赖、痛苦迷茫已经沁入人心。道是无情却有情，此时无声胜有声。杜鹃啼血，虽无"相思"意思，女子的心声已在其中。

春去夏来，思妇的相思渐成猜忌，爱恋最后化作了抱怨：

俏冤家，在天涯。偏那里绿杨堪系马。困坐南窗下，数对清风想念他。蛾眉淡了教谁画？瘦岩岩羞带石榴花。

——关汉卿《大德歌·夏》

他这个冤家啊，怎么还不回来，是不是已经远走天涯，或者恋上了新欢，不要她这小小的芳草了？独留她一人困坐窗前，凭栏倚望，数着一道道飘过的清风思念情郎。百无聊赖下，无心对镜画蛾眉，也无心修整妆容，形容憔悴不堪，信手拈来庭中石榴花戴在发髻间，配上自己的惨淡妆容，实在不称。

古人通常以"绿杨"来形容女子，"绿杨堪系马"的意思就是男人被女人牵绊住了。女主人公之所以这么说，是担心男子移情别恋。而她的担心不无道理，自古痴情女子居多，但痴情男却不多见。思念越发深的女主人公，竟然穷极无聊到去数清风有几道，足见她的心思烦乱和茫然。

"蛾眉淡了教谁画"这句话里，还隐含了"张敞画眉"的典故。张敞是西汉时的官员，乃治世之才，格外擅长整顿地方治安，为此有人说他杀人如麻，很冷血，偏偏张敞是个爱妻如命的人。他的妻子童年时期跌伤过脸，眉骨受挫，长大后眉毛有一块长不出来，所以需要天天仔细画眉。张敞与妻子向来恩爱，经常亲自为她修理眉毛。本来这是人家的闺房之乐，却成了远近的笑柄、茶余饭后的谈资，就连皇帝都把张敞找来询问。张敞却毫不避讳地说："闺房之乐，有甚于画眉者。"在张敞看来，画眉才是夫妻间最快乐的事情。

女人都渴望有一个像张敞这样懂得风月的情郎，关汉卿笔下的女主人公自然也是。然而，她的情郎早已经不知去向，留下渐渐暗淡凋零的她在那里。

不知不觉秋雨来临，花谢人凋零，就这样在闲愁中，比花娇的夏天过去了。女子的思念也越发强烈。

风飘飘，雨潇潇。便做陈抟睡不着。懊恼伤怀抱，扑簌簌泪点儿抛。秋蝉儿噪罢、寒蛩儿叫，渐零零细雨打芭蕉。

——关汉卿《大德歌·秋》

风雨凄凄，如此夜晚，恐怕连传说中唐五代最能睡觉的陈抟也会睡不着的。相传陈抟在华山修道，一睡能三年不醒，被称为"睡仙"。曲中女主人公以陈抟无法入睡，来强调风雨恼人。其实，真正恼人的并不是风雨，女人是因为心乱而无法入睡。

她日夜被相思和猜疑所煎熬，所有的恨与痛一股脑地都涌上来，忍不住泪流不止。此时，秋蝉寒蛩"窃窃私语"，外面雨水击打在芭蕉叶上，噼啪作响，好像在为她的寂寞叹息。

秋雨本是无情物，却因女人的烦恼而惹了俗尘。那一刻，

微风不定，幽香成径　　元曲

相思中的女人，瘦弱不堪，只等冬风摧残。

　　雪纷纷，掩重门，不由人不断魂，瘦损江梅韵。那里是清江江上村，香闺里冷落谁瞅问？好一个憔悴的凭阑人！

——关汉卿《大德歌·冬》

　　冬季，窗外簌簌的大雪飘下来，如同梨花般飞舞，掩盖了大门与窗棂，外面一片静默，直叫人魂欲断。远望被裹着积雪的黄芦掩盖住的清江旁，梅花都已瘦得不成样子。那清江上的村庄里灯火炊烟，说明有人问津，而女人的香闺却冷清清无人问，只余她自己凭栏眺望盼郎归。好一个憔悴的凭栏人。

　　一年四季，在关汉卿的笔下就这样悄悄地过去。女主人公盼过春天，盼过冬天，盼来盼去魂也销。与情郎分别，痴傻地等待，耽搁了最珍贵的时光，爱人一去不归，再坚强的心灵恐怕也会化为死灰。可是她却仍抱有幻想，坚持坐在窗边痴望，难道是绝望后变得痴傻？还是打算再等一年呢？

　　亦舒曾说："人为感情烦恼永远是不值得原谅的，感情是奢侈品，有些人一辈子也没有恋爱过。恋爱与瓶花一样，不能保持永久生命。"一个傻女人痴等情郎，换来的无非是失望。其实，越是被别人忽视，人越要珍惜自己，浪费青春年华，到头来不觉得冤枉吗？

　　关汉卿的四首《大德歌》，一年四季写相思，把女人的心思揣摩个透，同时，他也在怜悯她们的单纯，暗暗希望她们不要再默默等待，要勇敢地追求自己的幸福生活。

闻弦歌知雅意，看关汉卿的剧，道他是个铿锵利落的大丈夫，充满对人间疾苦的怜悯；再看他的曲，则见到了这大丈夫的另一面，细腻多思，这恐怕与他的经历有关。辞掉宫廷医官工作的关汉卿，一直在大江南北四处游历，在民间采集剧本的灵感，像个游学者般。见惯了人间的爱恨离合，他的情感很难不丰沛，否则就无法写出那般多的剧本。

女人，是几千年来的弱势群体，也是关汉卿笔下最常提到的话题。像关汉卿一样懂女人的文人，在历史上并不多。如果关汉卿也不为她们叹惜，不为她们不平，难觅知音的她们实在是太可怜。也许正因为这样，关汉卿的四季相思曲，才那般情真意切。

人间自是有情痴

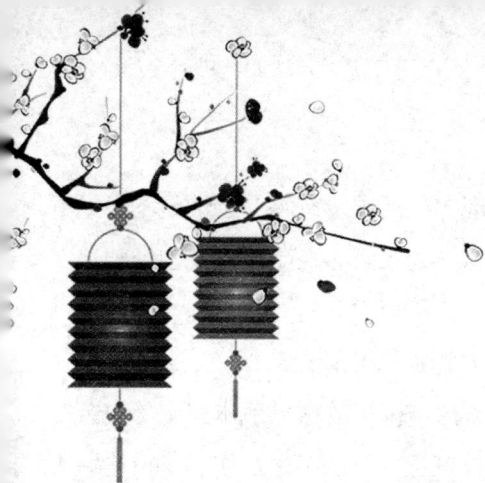

　　红楼之内，一个是阆苑仙葩，一个是美玉无瑕，若说二人没有奇缘，偏生却又相遇，若说是有奇缘，最后却化作水中月、镜中花。《红楼梦》中的贾、林二人两小无猜，他们的爱情虽没有实现生死相随，但结局已经相去不远。如果曹雪芹能活着写完红楼的结局，也许宝玉也会追随黛玉而逝去。

　　"人间自是有情痴"，痴情者往往会变得难以理喻，出现令人心身俱裂的行为，生死相随，通常是他们的最终结局。人们总在感叹，不应为了感情而失去理智，然而当面对那些如同疯魔的痴情者，人们也不得不对其肃然起敬。所以元好问在看到大雁自杀殉情时，才忍不住道出了"问世间，情是何物，直教生死相许"的感慨。

　　金庸曾借元好问的词和故事，刻画了《神雕侠侣》中那对大雕殉情的场景，同时也塑造了杨过、小龙女倾城绝恋的故事。

半点相思半点泪

像杨过、小龙女那样的痴在现实生活中没有吗？恐怕是不多见吧，不过谁也不能断言没有这样的人。曲人鲍天佑就曾经塑造过这样一个痴情女子，而此女在历史中确实有其原型。她便是《王妙妙死哭秦少游》中的妓女妙妙，可谓情痴一个。

鲍天佑是元代的杂剧家，遗留下来的作品残本仅有《史鱼尸谏》《曹娥泣江》《宋弘不谐班超（与汪勉之合作）》《投笔哭秦少游》《比干剖腹》《杨震畏金为富不仁》。这些剧目大多都是残本，无一完整，而且都是悲情作品，无论含义和情感，皆如"老蛟泣珠"，低吟沉郁，重而不闷，辛而不酸。所以他笔下的痴情人，越发显得情深义重。

《王妙妙死哭秦少游》一剧主要是讲妓女王妙妙与秦观的一段情缘，秦观死后，此女千里哭丧，最终为秦观殉情。女主人公妙妙在历史上却有其人，但只是个名不见经传的歌姬，在宋人的笔记小说里连她的名字都没有详细记载，所以鲍天佑特别为她起了名字。她是秦观一生所遇见的众多女人之一，与秦观的真正情人楼东玉和陶心儿相比，她几乎不值一提，她能在历史中留下一个小小身影，并为后人传诵，原因大概就在于她的痴情吧。

秦观是宋代的风流人物，乃苏门四学士之一，好诗文又多情。试想，能写出"两情若是久长时，又岂在朝朝暮暮"这样的男人，就算女人没有见过他，也会被他的才情所迷。他一生只有一个正妻徐文美，但秦观却不爱她。也许是父母之命、媒

微风不定，幽香成径　元曲

灼之言得来的妻子，他痛恨这段婚姻，也因此冷落了娇妻。是以秦观把词文给了很多名妓，却从不肯对妻子稍降辞色。婚姻生活的不顺令秦观流连在外，写出了无数风流词作，亦迷倒了远近的名伶。

身居长沙的名妓王妙妙与秦观素未谋面，却因他的词而对他倾心不已，在她的心目中，秦观是个完美的神。她所唱的曲子均是秦观所作，长沙人皆知名妓妙妙的偶像是秦观。

秋香因为一句"别人笑我太疯癫，我笑别人看不穿；不见五陵豪杰墓，无花无酒锄作田"而爱上唐伯虎，王妙妙当然也能因"金风玉露一相逢，便胜却人间无数"而爱上秦观。会甜言蜜语、风花雪月的男人，总是比木讷的男人更胜一筹。

不久，秦观被贬谪到长沙，听闻此处有这样一个仰慕他的歌伎，便隐瞒身份接近王妙妙，问她为何因为三两句词而爱上一个陌生男人，这样岂不太草率？万一秦观长得貌丑难入目，王妙妙岂不是吃亏？王妙妙却说，如果能见到秦观的真人，无论怎样，就算做他的妾侍，她也心满意足。

如此情真令秦观不禁暗暗咋舌，遂表明了身份，与王妙妙成为无话不谈的知己，甚至赠词答谢她的情意。然而好景不长，秦观需要再次南下，不能携她同行，两人只有分别。在临走之前，秦观还写下"郴江幸自绕郴山，为谁流下潇湘去"的词给王妙妙，言明归期不远，定会来接她一起回乡。谁知此去一别千里，王妙妙再闻秦观的讯息，才知秦观去世，二人已是天人永隔。

【甜水令】则见那闹闹哄哄，聒聒噪噪，道姓题名，围前围后。湿浸浸冷汗遍身流。哭哭啼啼，凄凄凉凉，不堪回首，愁和闷常在心头。

【折桂令】困腾腾高枕无忧；却和你梦里相逢，元来是神绕魂游。一灵儿杳杳冥冥，哀哀怨怨，荡荡悠悠。凄惶泪流了再流，思量心愁上添愁，空教我淹损双眸。拆散了燕侣莺俦，至老风流，佳句难酬；觑了这一曲新词，便是他两句遗留。

——鲍天佑《王妙妙死哭秦少游》

那一晚，午夜惊梦，梦中到处是一片闹哄哄和哭声，然后是一幕骇人的景象，将王妙妙吓醒。她在梦中似乎看到少游（秦观的字）掀帘而进，来到她的榻边，轻抚她的脸庞，却没有说话，只是泪流满面。醒来的王妙妙心中一阵哀怨，愁上添愁，暗道梦中的情景是不是有不好的寓意？难道是秦观的灵魂前来找自己道别吗？犹记得秦观临走时给自己赠诗的情景，可他一直未归，难道是出事了？

这两段曲子是《王妙妙死哭秦少游》残本里的片段，主要讲王妙妙在秦观走后的忐忑情绪。她为了给秦观守节，闭门不待客，也不去秦楼楚馆唱歌，只为了等秦观归来带她远走他乡。可是她却做了这么不好的梦，一时间心绪不宁，便叫人出去打

微风不定，幽香成径　　元曲

听秦观的下落。未料不出三日，去打听的人带来一纸自雷州寄出的书信，上面写的竟是秦少游死于归途的噩耗。

拿着报丧信的王妙妙顿感万事皆休，所有的希望化为灰烬，徒留自己为他喝上一杯痛煞人心的祭酒。她疯了一样地回到住处，收拾细软，披上了丧衣，千里迢迢奔赴秦观去世的旅馆，看到了秦观的灵柩停放在那里。她走上前趴在棺檐上，伸手抚摸心爱之人的尸身，围着棺木缓缓移动着脚步。不知过了几时，运送棺木的人叫她起身，准备合棺，她却突然失声痛哭，低吟"去意难留"，仰天倒地，竟没了气息。

"我欲与君相知，长命无绝衰。山无陵，江水为竭，冬雷震震，夏雨雪。天地合，乃敢与君绝！"山盟海誓亦不过如此吧。一个女子为了心爱的人伤心而死，魂去了黄泉路上，亦要寻得爱人。纵使此刻海不枯石不烂，天与地不贴合，其情亦可使天地四时为之哀痛。

爱情无分身份等级，即便王妙妙是一个歌伎，身份远不及《红楼梦》中的痴儿女，也不及金庸笔下的神雕侠侣，但是她的情深亦能创造无比的哀恸，足以让她为爱情牺牲的精神达到了无人可比的境界。

所以才有人形容：一幕剧的结局，如果是同生便是喜剧，如果是同死便是圆满，如果一生一死，才叫真正的悲剧，因为那是天人永隔。王妙妙因爱秦观的才而爱其人，宁选择圆满亦不要分离，她当然值得后世赞赏，也难怪明代小说家冯梦龙称：

半点相思半点泪

千古女子爱才者，唯长沙歌伎王妙妙是一绝。

汤显祖曾言："情不知所起，一往而深，生者可以死，死可以生。生而不可与死，死而不可复生者，皆非情之至也。"爱情升华到了极致，生死的界限就会变得模糊。按中国人的说法，今生不能结缘，来生也要续缘，缘定三生即是如此。如果没有生死相随的意愿，便不能称为至情至圣。

虽然为爱生死相随，可歌可泣，然而活在现实的人们，大多做不到这种程度。是以才越发显得王妙妙的一往情深。"人间自是有情痴，此恨不关风与月。"在情痴面前，任何人都会为自己的渺小而自惭形秽。

市井里的众生相

元代的市井继承了宋代的繁华，也容聚了元人的困苦和性灵的挣扎。在这里可以看到才子佳人、达官显贵、落拓文人、市井小民，也可以看到生活的玄机。

身在泥淖，出水芙蓉

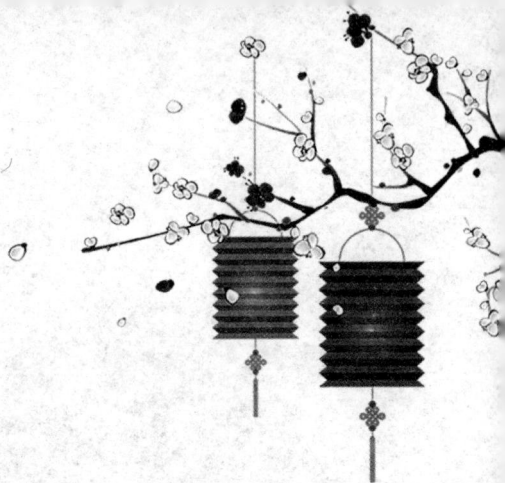

　　如果女人一口一句"公子、官人"，一颦一笑间眼神妩媚，再生得眉朗星目、面若桃花、体态轻盈、风柳腰身、盈盈跨步，唱起歌来再语娇声颤、字如贯珠，余音绕梁三日而不绝，纵使此女不是天姿国色，也能轻易叫人拜倒在她的石榴裙下。别说男人抗拒不了，普通的女人恐怕也要甘拜下风。

　　在古代，大多数的名妓几乎都能做到以上的程度。对于她们来说，想要得罪一个男人不容易，但想要迷倒一群男人可不难。然而在看到诸多名妓的风光外表时，亦应知妓女其实是非常屈辱、悲惨的职业。比较出色的艺伎通常还能受到尊重，然而更多的妓女在男子的面前始终无法抬头挺胸，不但如此，她们还要受到鸨母的剥削。曾有无名氏写过一段曲子，大骂鸨母"为几文口含钱做死的和人竞，动不动舍命亡生"，将鸨母的丑态凸显出来。

中国旧时的老传统，死人埋葬前要在口里面放个铜钱，意思是封口钱，叫化为鬼魂的死人不要上来念叨活人。便是这种死人钱，鸨母也要拿到，她们才不管人的死活，只要是钱，就要撒泼、滚地地抢过来。鸨母们拉着丑恶的嘴脸逼良为娼，恶毒至极，从不顾人死活。即便不是所有鸨母都如此贪婪狠毒，但大多数都是为了赚钱不惜一切代价。虽然这些鸨母几乎都曾做过妓女，她们却对从事同行业的可怜女子丝毫没有同情心，人性的可悲之处也在此。

许多妓女为了逃脱声色犬马的生活，为摆脱贫贱苦苦挣扎，拼命学艺以提高身价，希望能被懂得怜香惜玉的情人收作妾。对她们来说，如能觅得良缘，便是天大的幸运。关汉卿就曾写过一部《赵盼儿风月救风尘》的戏，讲的便是妓女们为命运挣扎的故事。

赵盼儿是关汉卿杜撰的一代名妓，是现实世界当中风尘女子的代表。剧中的她，有着风月女子的共性，年轻时对爱情有所向往，年长时才知道人间缺乏真爱。但她仍怜悯那些与她同病相怜的女子，希望帮她们找到真爱。

少女时期的赵盼儿面如桃花、聪颖异常、天真烂漫，在心中勾勒过梦中情人的样子，想着和他携手畅游江南，在波光潋滟的西湖上荡舟对赋，过上惬意美满的生活。这是每个风尘女子的共同愿望。然而当时光匆匆而逝，赵盼儿才知飞上枝头不可能，找个理想男性嫁掉则更是做梦。

十年风尘生活，让她深知自己一厢情愿，说出肺腑之言："待嫁一个老实的，又怕尽世儿难成对；待嫁一个聪俊的，又怕半路里轻抛弃。"这是妓女内心的最大矛盾，现实由不得她不清醒。因此当她看到了同行的小妹宋引章抛弃了好心的穷书生安秀实，打算嫁给浪荡子弟周舍时，坚决反对。

　　【胜葫芦】你道这子弟情肠甜似蜜，但娶到他家里，多无半载周年相弃掷，早努牙突嘴，拳椎脚踢，打的你哭啼啼。

　　【幺篇】恁时节"船到江心补漏迟"，烦恼怨他谁？事要前思免后悔。我也劝你不得，有朝一日，准备着搭救你块望夫石。

——第一折《赵盼儿风月救风尘》

　　这两段唱腔是赵盼儿奉劝宋引章的话，阅人无数的她，什么样的男子是好男儿，她一眼就可以看出。周舍善于甜言蜜语，家里又是富贵人家，但并不等于他是好人。宋引章还是个小女儿家，贪图周舍的俊俏嘴脸，又觉得他比书生安秀才更能让自己过得殷实，便毁了与安秀才之间情定三生的约定。但赵盼儿却看出了个中的凶险。她断言周舍"酒肉场中三十载，花星整照二十年"，意思就是说周舍一肚子花花肠子，根本不是个值得托付终身的男子。如果宋引章跟了他，难保不会变成一块望夫石。

　　但是，宋引章不顾赵盼儿的苦劝，仍执意要嫁给周舍，赵

　　微风不定，幽香成径　　元曲

盼儿无奈，预言宋引章必会经常遭受打骂，被丈夫冷落。因为官宦子弟大多都把漂亮的妓女当作玩物，根本不可能把她们当人看。然而，宋引章贪图一时之快，硬是跟了周舍回其老家郑州。结果事情正如赵盼儿所料，宋引章婚后备受周舍的凌辱与折磨，只有写信向赵盼儿求救。

赵盼儿闻讯心焦，立刻前往郑州搭救宋引章。她有一副好嗓音，又是风月上的场面人，很快在当地的妓院中成为名角。她私下对宋引章说："我着这粉脸儿搭救你个女骷髅，割舍的一不做二不休，拼了个由他咒也波咒。"她嘴上埋怨宋小妹单纯，不听自己的话，真想就这样抛下她不管，但她是刀子嘴豆腐心，还是决定要救宋引章出火坑。

几日之后，色鬼周舍听说郑州来了一位名妓，立刻前去瞻仰风采。那名妓自然就是赵盼儿了。在赵盼儿的有意接近下，周舍终于上钩，赵盼儿遂软磨硬泡地让周舍写休妻书。

周舍架不住美人的央求，迷迷糊糊地就把休书写了。拿到休书的宋引章终于得以逃出，而赵盼儿也迅速收拾行李离开郑州。周舍这才发现自己中计了，连忙上官府去告状，扬言有人拐骗他的妻子。哪知道此时的安秀才也到了郑州官府，说周舍勾引自己的爱妻。两方对峙之下，周舍当然理亏，被官府痛打了一顿，还被剥夺财产，成了穷光蛋。安秀才自然是平安抱得美人归。

赵盼儿得知小姐妹终于苦尽甘来，欣喜不已，她的心也豁然开朗。人生在世，到死黄土一抔，她要不得功名的碑墓，因为她是个女人，也要不得贞节牌坊，因为她是个妓女。所谓"夫人有夫人的福分，奴婢是奴婢的命，奴婢怎能做得了夫人"。不过尽管地位卑贱，她依然希望能为自己的生活搏一搏，即便自己搏不出一片天，至少为同是天涯沦落人的姐妹讨个好生活。正是因为赵盼儿的坚韧、聪敏和讲义气，使得她这个角色成为剧坛上形象最鲜明的女性人物之一。

历朝历代，妓女一直是最下等的职业，出卖身体换取钱财，为普通人家和官宦人家的女人最不齿，男人也看不起她们。宋代有个叫沈君章的士子，常去妓馆寻欢作乐，一天在妓馆留宿偶感风寒，两腿特别疼痛，他的母亲为他按摩说：儿子读书良苦，半夜学习时少了炭薪，这才冻坏的。沈君章听到这话，直觉太不好意思，发誓以后再也不去那些下贱的地方了。沈君章把自身的伤痛怪罪到妓女的身上，足见他并不是一个君子和伟丈夫。如果不是为生活所迫，没有女人甘愿做妓女，滑铁卢桥卜的马拉、巴黎名妓玛格丽特，哪一个不是因为有苦衷才投身风月。如果男人们都能对爱情聊表忠贞，亦不会有那般多的可怜女子堕落风尘。如果男人们不去想着享乐和逢场作戏，女人也不会变为玩物。为什么男子一定要把自己的过错推到女子的身上呢。

关汉卿写下《赵盼儿风月救风尘》的剧本，原因在于他同很多名妓相交至深，关汉卿对她们的遭遇深表同情，亦希望她们能坚强起来为命运拼搏。一个人拥有玉骨风姿，不是与生俱来，而是后天培养出来的气质所定。虽然那些沦为妓女的女子遭受了诸多不平的待遇，但只要她们肯抬头挺胸，并以自己高超的技艺和不屈的气节来应对世人，一样会得到尊重，一样会化作出淤泥而不染的芙蓉。不仅如此，她们还会成为一道装点时代的美丽风景。

市井里的众生相

温柔乡里寻慰藉

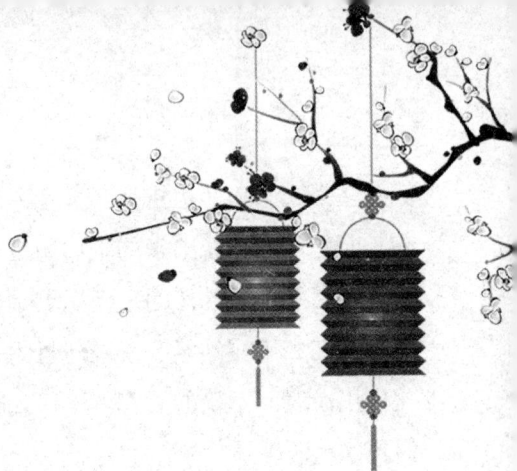

"儒人不如人"是石君宝曾借《秋胡戏妻》这幕戏曲对元代穷困潦倒的文人的评判。有钱的文人易腐败，没钱的文人好幻想，元代的病态社会培养了大批心理极度不平衡的士人。石君宝作此论断不是一竿子打翻一船人，事实几乎就是这样。

钟嗣成在《录鬼簿》里专为"门第卑微、职位不振"者立传，也是因为他同在此列，不想就此埋没青史而变得一文不值。前文不止一次说到"十儒九丐"的说法，元人也多数自感地位卑下，心有怨怼。张可久曾唾弃过读书，乔吉痛恨过官场，关汉卿笑骂人间，邓玉宾父子只愿问道。

盼功名无望，求富贵无门，做大事纯属逗口舌之快。许多元人用情于指尖，施力在笔端，写下无数济世之志。然而他们总是眼高手低，摆脱不了红尘的捉弄，在人世苦苦挣扎再挣扎，什么名、利、功、禄皆没有得到。最终，为了自我安慰，对自已道一句"省得也么哥"。

在功名富贵求不得的情况下，元代的士人希冀能从情场上获得些许安慰，然而情场真的能给他们慰藉吗？

爱情作为精神安慰品，不断地消磨着元士人的时光。对于寻常的爱情和婚姻，士人大多选择避讳，因为他们担不起责任，所以大部分人都去妓院中寻芳，依靠从温柔乡里欲死欲仙的滋味来摆脱现实的痛苦。不过。妓院的老鸨求的是财，有钱的文人子弟与妓女相恋可以，耳鬓厮磨也可以，只要公子哥们交给老鸨足够的酒钱和赏钱，老鸨绝对不会干涉。但这样的才子往往游戏人间，对青楼美女好时千依百顺，不好时甩袖便走。卢挚与朱帘秀的苦恋就是最好的例子。世人虽不能笃定是卢挚负心，但朱帘秀毕竟不是好人家的儿女，她想和卢挚长相厮守几乎是做梦，卢挚也不可能轻易地带一名妓女回家。而换作无钱无权的书生墨客，即便在妓院里遇上好的姻缘，因为无权无势，也会被残忍地拆散。那些才子佳人结合的故事，只有在杂剧中才遍地开花。

《西厢记》《墙头马上》《赵盼儿风月救风尘》《迷青琐倩女离魂》，哪一个不是男女主角历经波折终于长相厮守，此类的戏剧不在少数。落魄文人在剧中尽管倒霉至极，也可以被好人家的女子相中；若是书生们与妓女结合，妓女也会成为他们求学的动力。最后书生金榜题名，衣锦还乡，靓女立在门前，引颈望郎归。男才女貌者相见刹那，抱做一团痛哭流涕，执手互道衷情。在元人的戏剧中，真是处处大团圆的结局。

然则跳出戏外看现实，能相守的少之又少。恐怕只有樊事真和周仲宏之间的爱情轶事能让一些好事者聊以慰藉。樊事真是元大都的名妓，与当朝参议周仲宏相恋多年。周仲宏去江南做官时，樊事真立誓绝不再以色事人，如果有负于他就自毁一目。周仲宏走后，有一家富豪公子哥相中了樊事真，鸨母既怕对方财雄势大，又心存贪念，强迫樊事真顺从。不久，周仲宏回到京师，樊事真上门拜访，直言自己被逼就范，突然拔出金簪将自己的左眼刺瞎。周仲宏又是骇然又是心痛，将她从妓院里赎了出来，收作妾室，两人算是得了和美的结果。

樊、周和美只是建立在周仲宏的家里没有更多说法的基础上。周仲宏虽然爱樊事真，但最终也只能将她作为妾室，即便周仲宏终身没有妻子，以樊事真的身份也难登"大雅之堂"。

妓女想要攀高枝，实则难上加难。元前期梨园名角天然秀，因夫君早亡而一嫁再嫁，如果是一般人家的女子早被要求守贞了，而艺伎无从选择。既然堕入风尘还想当贞妇，不但男人不相信，许多女人都会对之唾弃。现实的残酷令妓女们无法全身心去爱一个潦倒男人。于是许多男人在温柔乡中情场失意之后，对妓女满是失望。

没斟当，不斟量，舒着乐心钻套项。今日东墙，明日西厢，着你当不过连珠箭急三枪。鼻凹里抹上些砂糖，舌尖上送与些丁香。假若你便铜脊梁，者莫你是铁肩膀，也擦磨成风月担儿疮。

——刘庭信《寨儿令·戒嫖荡》

上面这曲的作者刘庭信虽然貌丑，风流才子的名声却响彻大江南北。他一生与众多艺伎和妓女结成朋友，仍不免对她们的无情生怨。这曲《寨儿令·戒嫖荡》就是他最好的心声。终日泡在秦楼楚馆，不去想过去未来，只顾着身心舒坦。可是在群美之中，他刘庭信甘愿化作蝴蝶流连于花丛，因为美女们嘴里含了蜜糖幽香，那妖娆姿态和温言软语，就算你是铜皮铁骨，也能把你磨破，落得一身是伤。

看来，在文人眼中，风月场中的女子如同曼陀罗，看着美好，沾了却如同染上毒素。真情真意与你相爱的，你不能与她相守；假情假意的无非是想从你这里赚钱。看透套路的人便像刘庭信一样笑骂，看不透的就会送妓女一句"害人精"。

杂剧作家杨显之在《郑孔目风雪酷寒亭》，大写特写妓女害人不浅。主人公郑嵩与妓女萧娥暗中相好，为她特意去求当地的府尹，让萧娥除了妓籍。萧娥从良后，想从郑嵩那里得到大笔的财产，便打算嫁给他为妻。可是郑嵩的妻子萧县君，正是萧娥最大的绊脚石。一次，郑嵩出门后多日不归，萧县君想让丈夫快点回来，便谎称自己已死，激郑嵩回来。哪知道萧娥突然跑去郑家哭丧，还说自己和郑嵩有奸情。萧县君一气之下竟然怒极攻心而死，萧娥顺理成章做了郑嵩的夫人。此后郑嵩每次出门，萧娥便偷偷虐待他和萧县君生的儿女，还与专门吃软饭的流氓高成私通。郑嵩发现种种事实之后，一怒之下杀了萧娥，虽然出了口恶气，可是已经家破人亡，自己还犯下了杀人罪。

男人看女人，特别是妓女，大都不是用欣赏的目光瞅她们。有时他们认为，被妓女负心比被妻子负心还要可恨。一句"人尽可夫"便是情殇者对妓女最恶毒的批判。

在妓女身上得不到慰藉，元人试图从家人那里寻找温馨，可是被生活的境遇所迫，不是妻离子散，便是远游他乡。白朴逃亡南方而痛失爱妻；徐再思从相思入骨最后到忘尘弃爱；乔吉官场、情场两失意，惨淡经营一生。两情久长，在绝大多数元人眼中是个笑话。终于，在对现实彻底幻灭之后，文人们唯有寄托一杆毛笔。

然则，生死无常，情爱无常，元文人苦苦寻觅，苦苦追求，寻找自己的知心人，可是自然无尽，人生有限，他们茫然间浪费了青春。在元王朝的摧残下，变成了流星，将自己燃烧殆尽。

红尘问道，心魔难除

　　金庸先生在《射雕英雄传》末尾曾写过一段丘处机与成吉思汗相识相知的逸闻。正史中关于元世祖与丘处机相交的内容虽然提及不多，但在医药史上有关两人的交集却非常多。

　　长春子丘处机本是宋末的道士和养生家，乃全真教"北七真"之一。在金老先生笔下他不但武功厉害，为人也甚为刚直，但事实上他最擅长的不是武功而是以修道养生。元太祖成吉思汗人到中年，思及江山未定，很怕衰老死去，也觊觎道教能炼制不老仙丹，听说中原道士丘处机法术超人，便在西域雪山召见了他。

　　"世上是否真有长生不老之药？"元太祖殷切地问出心中隐藏很久的问题。丘处机微笑摇头："有养生的法门，但却无长生仙丹。勤政爱民才是敬天之本，清心寡欲才是长生之药。"

　　丘处机的回答非常玄奥，也很明显地说出真正的道学是养身修心，而并非用来修炼成仙或长生不死。成吉思汗对他的话

市井里的众生相

非常信服，特别为丘处机在大都北京建了白云观，道家在元朝的地位便非同寻常。

　　长春子的"道"是坦然而诚恳的，也是真正的修养之本。但是，由于统治者扶持道教的目的渐渐不单纯（元朝开国之初宗教政策宽容、格外单纯，忽必烈甚为推崇张天师道人一脉，武当山道教更是元王朝皇帝们捧在掌心的圣地），他们为了麻痹百姓而令道教大肆繁衍，使整个元王朝兴起了非纯粹的道学之风。这时候，许多人爱"道"就爱得有些误解了。例如一些元人痴迷于"炼金术"，这种"炼金"法虽没有丝毫科学依据，却叫无数人倾家荡产，为其魂牵梦萦。

　　不过，道学最大的影响还在于令很多人力图忘尘弃爱，进入山林田野寻找修仙的方法。特别是大批的士人因为仕途不得志，宁愿相信摸不着边际的求仙路。这个结果虽然不能说是完全负面性的，但受这种世风影响，直接导致元文学处处存在"道情"，使许多文学作品虽然读来舒适，却内涵不足。

　　人生底事辛苦，枉被儒冠误。读书，图，驷马高车，但沾著者也之乎。区区，牢落江湖，奔走在仕途。半纸虚名，十载功夫。人传《梁甫吟》，自献《长门赋》，谁三顾茅庐？白鹭洲边住，黄鹤矶头去。唤奚奴，鲙鲈鱼，何必谋诸妇？酒葫芦，醉模糊，也有安排我处。

　　　　　　　　　　——张可久《齐天乐过红衫儿·道情》

张可久的这曲"道情"是读书人对功名彻底失望之后而生的，几乎可以说是古往今来大部分文人的真实心声。人生一世为谁辛苦为谁忙，埋头苦读，图高车驷马、名声利禄，为半纸虚名忙忙活活几十年，到头来朱门未得，反而落得一身骚。于是张可久在曲中暗怪：为什么自己不能像写下《梁甫吟》的诸葛亮和写下《长门赋》的司马相如一样遇到明主？纵有一身才气又如何呢？看来只能逃脱现实，找个如白鹭洲、黄鹤矶那样的好地方，纵情诗酒，总会有个能容纳自己的地方。

　　明珠暗投是自诩治世之才的悲哀。张可久悲愤不已，一肚子牢骚，却挣脱不了现状，他只好自我安慰，决定去隐居。曲子里充满了消极厌世的想法，也暗含道家遁世的虚无思想。然而张可久是因不能在尘俗里找到出路才去追求道家的世外生活，他的"道情"实在充满了太多"机心"，比起单纯想去访问仙人的一些人，他的"道情"还是太不单纯了。

　　一个空皮囊包裹着千重气，一个干骷髅顶戴着十分罪。为儿女使尽些拖刀计，为家私费尽些担山力。你省的也么哥？你省的也么哥？这一个长生道理何人会？

——邓玉宾《叨叨令·道情》

　　这是邓玉宾所写的《叨叨令·道情》。他与张可久同写道情，张可久的还带有俗世的气息，邓玉宾的这首就完全是一首

"道情曲"。邓玉宾生在元世祖至元文宗年间，做官不久便突然改去修道，曾言"不如将万古烟霞赴一簪，俯仰无惭"。在他看来，宁肯头插一根木簪，也比做官来得轻松，起码无愧于天地。足见元文人大多都觉得做官实在愧对自己，也愧对他人，因为做官的人常常手持官印而毫无作为，不能为穷苦的百姓做事。

在这曲《叨叨令》中，邓玉宾显露的"道心"高于张可久，他对"道"的理解更深一重。邓玉宾在曲中笑称人身不过一副空皮囊、干枯骨，其实他的这句话表明了他在求道一途上已经有一定境界，将自己的躯体看作是身外之物。

"皮囊"本是佛教用语，指的是人的躯壳。佛家认为，潜心修炼到涅槃境界者可以抛却躯体，灵魂不灭。道家借"皮囊"一说，认为人的躯壳内是千重"元气"，就像灵魂一样的东西。要保住元气，就必须清心寡欲，以免泄了真元。至于曲中"干骷髅"顶着"十分罪"的说法，则大有来头。《庄子·至乐》里有载，庄子路遇一副骷髅，问旁人这骷髅的主人是因战乱亡国被诛杀致死，或是因为行为不端，给父母子女带来忧患而自尽，又或者是冻死饿死，又或是寿终正寝，旁人皆不清楚。晚上庄子睡觉时，骷髅的主人托梦给他说："你说的都是人间种种困难和罪孽，只有一死才能解脱。"庄子故事里所讲述的苦难，便是人这副皮骨一生都摆脱不了的罪。

邓玉宾用这两个典故，是要告诉世人：人的破皮囊和干骷髅，如果清静无为就能保存元气得以长生，若背负种种罪孽就会生不如死。种种罪孽来源于何处，便是为子女使尽心力，不惜蝇营狗苟；为家庭拼命攒钱，不惜做下诸多勾当。邓玉宾觉得为了这些事情会使人丧失自我，所以他奉劝世人"省省"吧，要想真正地长命百岁、安康幸福，一定要戒贪欲、戒奢望。

从邓玉宾的曲中，人们能够找到丘处机奉劝成吉思汗的影子。丘处机劝成吉思汗去私寡欲，与邓玉宾奉劝世人的意思是共通的。

张可久的曲子里就是因为缺少邓玉宾之曲的"戒贪戒奢"，所以张可久的文章才有牢骚之嫌，而邓玉宾却有闲云野鹤之趣。

"道情"于不同人有着不同的意义，虽然邓玉宾的"道情"已经超脱，但他与张可久一样，仍是有着对人生不满的"心魔"。他们不可能像庄子一样抛开一切"机心"和虚荣，任人"一以己为马，一以己为牛"。被人说成是畜生，庄子可以不在乎，可是换作中国几千年来的文人墨客，能忍受辱骂的人能有多少？这就注定张可久和邓玉宾不能做到毫无"心魔"，而盛行于元代的道教也不过是士人寻求解脱的契机。

市井里的众生相

红颜无是非，
何曾是祸水

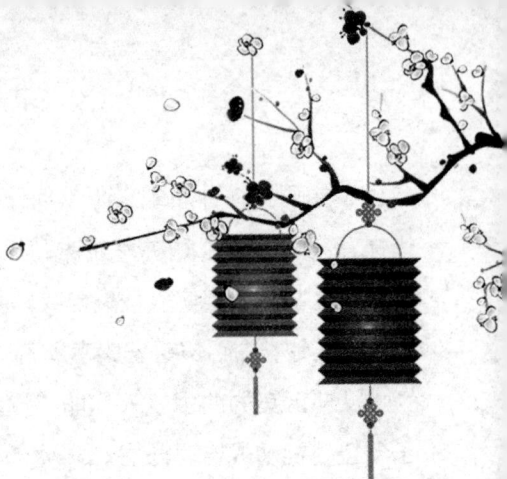

美女的概念目前为止还没有人能把它完全诠释清楚，总之如果你在路上看到一个女人，她的漂亮程度足以让你忽略眼前的任何事物，那么她就算是绝色美女了。自古爱美之心人皆有之，形容美女的诗词不在少数。曹植的《洛神赋》中"翩若惊鸿，婉若游龙""皎若太阳升朝霞""灼若芙蕖出渌波"等数十句铺排，可在形容美女的语言中称冠，与什么"北方有佳人，绝世而独立"等诗词比起来，后者显然落了俗套。

红馥馥的脸衬霞，黑髭髭的鬓堆鸦。料应他，必是中人。打扮的堪描画，颤巍巍的插着翠花，宽绰绰的穿着纱。兀的不风韵煞人也嗏。是谁家，我忍不住了偷偷晴儿抹。

——张可久《锦橙梅·遇美》

张可久所写的这曲《锦橙梅》中的女子，虽然没有曹植的

微风不定，幽香成径　元曲

"洛神"那样令人惊叹，但楚楚动人的模样依然让张可久甘愿丢了魂魄。此美人面如桃花，鬓如漆鸦，容光焕发的模样，令人想起《诗经·卫风·硕人》里那段形容女子的话："手如柔荑，肤如凝脂，领如蝤蛴，齿如瓠犀，螓首蛾眉，巧笑倩兮，美目盼兮。"

通常来说，女子的手、脖颈、齿鼻、眉目、笑容、肌肤都是容易被人注意的地方，哪一处有缺憾，都会破坏整体的美感。张可久所遇到的美女，对镜描妆，美艳动人，身着轻纱、头戴珠花，一举一动都媚态十足，在张可久的心目中无人可比。在美女面前，张可久暴露了男儿痴状，这让他感到很不好意思，暗怪自己为什么不停地偷看人家，弄得自己好像登徒子一般。

俗话说，情人眼里出西施，不是情人的美女在男子眼中一样是西施，为了绝美的女子而变得神魂颠倒、如痴如狂又怎样？美女就是应该被人人欣赏，才能算作美女，例如《陌上桑》里的罗敷，如果耕者、行者看到路边干活的她而不驻足发呆，后世又怎么会有大批诗词家们用"罗敷之美"来形容女子的美态？不仅如此，美女的容颜对文学的启发能力实在令人惊叹。

除了张可久写遇美曲外，很多曲人也写过遇美记，那些形容名妓、名伶的就暂时不算，写民间美女的人亦不在少数。元朝末年，张鸣善担任淮东道宣慰司令史时，路遇一个美貌女子，对其喜爱不已，但他只是远观，并没有主动结识这女子，沾得一段露水姻缘。这名美女使他终生铭记在心，张鸣善特意为她

市井里的众生相

赋曲《普天乐》。

　　海棠娇，梨花嫩。春妆成美脸，玉捻就精神。柳眉颦翡翠弯，香脸腻胭脂晕。

　　款步香尘双鸳印，立东风一朵巫云。奄的转身，吸的便哂，森的销魂。

——张鸣善《普天乐》

　　曲中女子有海棠、梨花般的面容，冰肌玉骨的身体，巫山缥缈的长发，这种美态人间少有。她颦笑转身踏步、举手投足探身，无不叫张鸣善心驰神往、陶醉其中。她有"硕人"的美貌，罗敷的风姿，堪比历朝的美女，她临走时送出的"秋波"，欲夺张鸣善的魂魄。张鸣善久久地凝视着美人的背影，即便美人早已消失不见，他依然站在斜阳下，不肯离去。

　　一笑倾人城，再笑倾人国。如果该女子真有如张鸣善所形容的美貌，估计又一红颜祸水现世。中国古代一直公认的四大美女西施、昭君、貂蝉和杨玉环，四人的容貌能把鱼看得不游、雁子看得落下、月亮自觉不如、花儿感到羞愧。人如果美到这种程度，别说令人忽视了时间的流逝，忽略眼前拥有的一切，就算在"牡丹花下死"，仍要道一句"做鬼也风流"。

　　张可久、张鸣善人均是儒雅之辈，但他们在见到美人时也都成了俗人，因此自古多少男子拜倒在美女的石榴裙下，真是情有可原。那些在美人面前能把持得住的人还好，仅作欣赏而不想占有；把持不住的人就只好倾家荡产、倾国倾城，于是美女就常常被人们认作祸根，一句"红颜祸水"把她们定了位。

不知道谁人说"自古红颜多祸水"这句话，将美女丢入了道德的深坑。生得貌美便要遭受千人所指、万人唾骂。从妲己、褒姒、妹喜、西施，到赵飞燕、杨玉环、陈圆圆等，每每国家败亡，世人不怪时代的错误、统治者的败坏，却要把千古罪名推到女人身上，可笑之至。

谁言好看的女人就一定要扮演倾国倾城的角色呢？昭君为汉出塞，终生未得归家，独有青冢向着黄昏。曹植心中的洛神，有人说她是乃兄曹丕的皇后甄宓。甄宓容姿卓越，多才多艺，助曹丕治国，后因遭到郭女王的陷害而死，一代佳人香消玉殒。

美女不一定祸国，美女也一样能拯救天下。反而是有些丑女，成为祸国殃民的罪魁祸首。例如晋惠帝司马衷的皇后贾南风，相貌奇丑无比。根据史书记载，她身材矮小，面目黑青，鼻孔朝上，嘴唇地包天，眉上有块大胎记，如不是名门之女，提前许配给了司马衷，谁会娶她。如果不是考虑到前朝废后的后果，司马衷又怎么会一辈子活在这个女人的阴影下。贾南风善妒成性、滥杀无辜、诛灭异己，她的干政直接导致"八王之乱"，使西晋"宗室日衰"，中原彻底分裂。

其实女子是否为祸患，无关美丑，而在于其心灵的好坏，还有她扮演的社会角色。像是历史上也不乏好的丑女，齐宣王之妻钟无艳、梁鸿的老婆孟光、诸葛亮之妻黄硕，这些都是史载的超级丑女，却个个才德兼备，因此得到"巾帼不让须眉"的美誉。

人丑不要紧，德行善恶决定了她的名声如何。所以祸国与否，不要把女人的容颜作为话柄。古代美女除了妲己等天性有几分残忍外，很多历史红颜活得无辜而无奈，她们沦为男人的玩物，男人在无能的时候就要怪她们是祸水。有些男人甚至明知"倾城与倾国"，却道"佳人难再得"，宁可亡于牡丹下，仍要趋之若鹜。这两种男人相比较，虽然都不是什么真正的好男儿，但那些宁做风流鬼的男人总比矢口否认自己过错的男人要坦率得多。

"红颜非祸水，贱妾亦可惜。千忧惹是非，皆因尘俗起。"有文人为女子鸣不平，写下了这首诗，目的也许就是扳倒历史的僵论。美丽的女子沦为祸国的"魁首"，这是尘俗给她们硬上的枷锁。难道就因为她们的美貌，她们的罪孽就大到足以把一个国家、一个城市葬送吗？倾国倾城，皆是男人们把自己的过错推在了女子的身上，这一点很可笑。

男人如果真正爱一个女人、欣赏一个女人，并且得到她的青睐，那么就该珍惜她。如果男人们得不到，像是张可久、张鸣善的远观行为亦不失君子风范，因为他们懂得尊重女子。只有真诚的喜悦，才与美感同在，责怪女人是"祸水"，是因为那些人不知道什么叫真正的美。

生有不同，
死无异类

　　古代世界把人分三六九等，这些似乎是世人的共识，到现在还有"下九流"一词，虽然跟千年以前的意思大不相同，但仍带有强烈的贬义。过去人们按照"职业"把人划分成"三教九流"。"三教"自然是儒、释、道，而"九流"的说法可以在当时流行的一个顺口溜中窥得一二。

　　上九流指：一流佛祖二流天（玉皇大帝），三流皇上四流官，五流阁老（重臣）六宰相，七进八举九解元（省试第一名）。中九流指：一流秀才二流医，三流丹青四流皮（皮影），五流弹唱六流卜（卜卦），七僧八道九棋琴。而下九流包含的大多是社会最底层的人士，可以称其为古代第三产业：一流高台（唱戏）二流吹（乐师），三流马戏四流推（剃头），五流池子（北方澡堂子）六搓背，七修（修脚）八配（给家畜配种）九娼妓。劳动者自食其力，比上九流和中九流付出的代价不知多了

市井里的众生相

多少倍，却沦为最被看不起的阶层，这就是时代的怪圈。有些下九流人的精神甚至比上九流要高尚得多，然而在元代能够看清这些现实的人为数很少。

> 有钱，有权，把断风流选。朝来街子几人传，书记还平善。兔走如梭，鸟飞如箭，早秋霜两鬓边。暮年，可怜，乞食在歌姬院。
> ——刘时中《朝天子》

端看上面这曲《朝天子》，辛辣讽刺，内容揭露社会的黑暗，想必作者刘时中该是个愤世嫉俗的汉子，然而事实上他本人温文尔雅、性格谦逊，此文章的风格与本人的性格相差很大。此曲成曲于湖上，是刘时中与友人野外郊游所作。大凡文人郊游时所写的文章，多以咏物为主，以喻心情。而他这篇文章偏偏充满了愤怒和驳斥，实在有趣得很。

史载，刘时中与文子方、邓永年等几个友人同游洞庭湖、凤凰台等地时，曾写下大量以《朝天子》为牌子的小令，江南风情、小桥流水、人情冷暖、物是人非，这些在他的小令中如冰凉溪水沁入人心，言语间清新脱俗却不离现实。然而唯独此曲却是大骂纨绔子弟，令儒雅的刘时中有口不择言之嫌。

曲中写的是个家有权有势的得意少年，总是摆出一副自以为很帅的模样到花街柳巷去狎妓风流，把各地青楼名妓的牌子全部翻了个遍。每天晚上，妓馆门前都有少年保镖在那里巡

微风不定，幽香成径　　元曲

视，记录此少年的留宿地，报给该少年的家人，以便家人确定他是否平安无事。

相传当年杜牧在淮南节度使牛僧孺的幕府当掌书记时，每天晚上都到娼妓那里留宿，牛僧孺便派了几个巡夜的跟着他，在妓馆外面防止他遭政敌暗算。这少年有杜牧当时的几分风流，却没有杜牧的才气，加之家里的放纵，导致他变得不学无术，蹉跎了最好的时光，结果变成败家子，到老了家中一贫如洗时什么都不会做，只能回到当年自己逛的妓院门前讨饭。

有人说，人不风流枉少年，然而风流少年却枉然。刘时中大概是在泛舟时听了某位朋友吹嘘自己经历的风流韵事，一时间看不过去，便写了此曲，暗讽一些纨绔子弟。

芸芸众生，富贵贫贱之人有许多。人们想要从下九流变上九流难于登天，然而从上九流沦为下九流却非常容易。有些人因为不知上进，自认生活过得不错，其实其思想和行为比下九流的人龌龊不知几百倍。例如那些威风凛凛的武将，比孙子、吴起盛气凌人，但真正懂得兵法的并不多；那些头戴高帽、一派潇洒的文臣，真正懂得治理国家的也不多。寇盗横行不能阻击，百姓困苦不能救助；贪官污吏不能彻查；法纪败坏不能整顿，让这些人做国家的"栋梁"，国家如何能不亡。

刘时中痛斥金玉其外、败絮其中的人，同时也在表达自己对朝廷不懂用人的不满。知识分子的义愤填膺全在字里行间。整曲言语直白却惨淡，有"酒肉臭"的辛辣，却不失和煦，损人损得既有水准，又不失风度，这是此曲在众多讽刺时政的曲子中鲜见的"清丽"。也许是因为刘时中本人的性格使然。

写此类讽喻曲的元人，尤以曲人张可久居多。张可久的性格直来直去，其讽世曲自然充满了"战斗"的意味。

人皆嫌命窘，谁不见钱亲？水晶环入面糊盆，才沾粘便滚。文章糊了盛钱囤，门庭改做迷魂阵。清廉贬入睡馄饨，胡芦提倒稳！

——张可久《醉太平·无题》

从曲子的用词可以看出，张可久保持了他的一贯风格，在扭曲的时代写着愤世的曲。在他的眼中，整个元王朝的存在就是一个悲剧。人人皆嫌贫苦，对富贵进行巴结，把钱看得比命更重要。世人尽数变得心思污浊，见钱眼开。那些有德行的人，写出的好文章拿去当作糊钱袋的缝隙，以防铜板掉出去；而那些明明应该是出入人才的官府却变作了迷魂阵，多少清高者进去了就成了俗人，清官被一脚踢到了凡人堆，任人踩踏。

糖衣炮弹对人来说是最致命的诱惑和敌人，特别是那些有官职在身的人。而一些自命清高的人在糖衣炮弹的面前，经得住诱惑的，往往因为受不了官场污浊便去做了庶民，而经不住诱惑的，便渐渐沦陷，继而遗臭万年。张可久认为，这两种道路都不可选，还不如一开始就不进官场的大染缸，过三杯两盏淡酒、糊里糊涂的生活。

有人说，那个时代的有识之士有心施为，无力回天。在金钱和权力的诱惑下，人世成了染缸，因为不能从中解脱，他们只好在痛斥完了之后装糊涂，睁一只眼闭一只眼过一辈子。这是消极抵抗，严重缺乏时代的强音。不过当你面对扭曲的时代与人性时，它已经不是你所能改变的。

拿一个时代的错误来苛责自己，这完全是没有必要的。所以张可久装糊涂，或许这才是人生的较好选择。人人都喜欢快乐，而烦恼往往不请自来。生气、悔恨、抱怨，消极时时萦绕在他们的脑袋中。不过他们不必担心太久，表面的盛世总有荒芜的一天；金玉其外的橘子不加以贮存同样会如它的内在一样干瘪；无论多高尚的人，身份如何高贵，与贫贱者同样会化作一堆枯骨，埋土成灰。所以即便沦为下九流，也别为自己的身份感到愤慨，人生中不管有多少机缘巧合，到头来，所有人的结果都一样。

大丈夫不可因财而热血

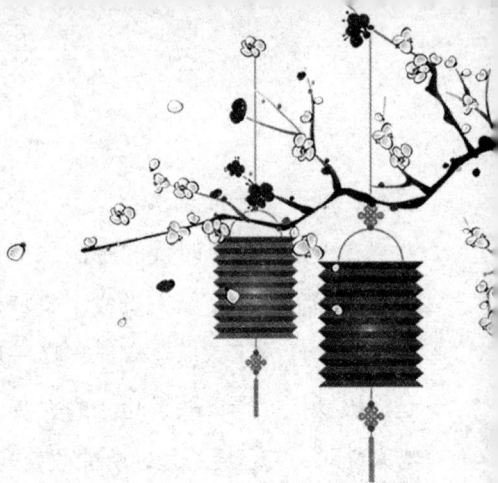

　　"一个极度贪财和吝啬的人，爱钱比爱声名、荣誉和道德还厉害，他看见了一个跟他要钱的人，马上会难受得抽筋。跟他要钱就等于在他致命的地方打了他，就等于在他心上刺了一刀，等于剜掉了他的五脏。"这是《悭吝人》里仆人拉弗赉史对老吝啬鬼阿巴贡的评价。

　　钱当然是个好东西，爱钱之心人人有之，能抗拒它的人是因为还不需要它。但对待金钱如果过于紧张，就肯定不是好事。老阿巴贡到头来爱情、亲情、财产全部都失去了，这就是吝啬鬼的下场。

　　元朝中后期民间有一道士，本名为钱霖，字子正，号素庵，人们叫他抱素道人，晚年他居于嘉兴鸳湖，小窝名为"藏六窝"，是以他又称自己为泰窝道人。抱素的人生乐趣是到处游历，颇有济公大师的风范，看到什么稀奇古怪的事情都要问一问、管一管，他在出家之前就已经有了这个习惯。

他旅居浙江时曾见到当地一个行为卑鄙的大财主，此人爱好克扣别人、聚敛钱财，甚至对自己都倍加吝啬，堪称少见的大吝啬鬼。抱素对他的种种行为甚感好笑，便借了很多典故用文章讽刺这个财主。

【耍孩儿】安贫知足神明佑，好聚敛多招悔尤。王戎遗下旧牙筹，夜连明计算无休。不思日月搬乌兔，只与儿孙作马牛。添消瘦，不调裀鼎，恣逞戈矛。

【十煞】渐消磨双脸春，已雕飕两鬓秋，终朝不乐眉长皱。恨不得柜头钱五分息招人借，架上衵一周年不放赎。狠毒性如狼狗，把平人骨肉，做自己膏油。

【九煞】有心待拜五侯，教人唤甚半州，忍饥寒攒得家私厚。待垒做钱山儿倩军士喝号提铃守，怕化作钱龙儿请法官行罡布气留。半炊儿八遍把牙关叩，只愿得无支有管，少出多收。……

【五煞】这财曾燃了董卓脐，曾枭了元载头，聚而不散遭殃咎。怕不是堆金积。玉连城富，眨眼早野草闲花满地愁。干生受，生财有道，受用无由。……

【二煞】恼天公降下灾，犯官刑系在囚，他用钱时难参透。待买他上木驴钉子轻轻钉，吊脊筋钩儿浅浅钩。便用杀难宽宥，魂飞荡荡，魄散悠悠。

【尾】出落他平生聚敛的情，都写做临刑犯罪由。将他死骨头告示向通衢里瓷，任他日炙风吹慢慢朽。

——抱素道人《哨遍》

这首《哨遍》有十二曲，分别为"般涉调""耍孩儿"和十煞，可谓元代的变相讽刺小说，因为篇幅过长，只撷取一二拿来共同品咂。它的开头就言明，曲中所写的是满身铜臭的财奴，此人专好"蝇头场上苦驱驰，马足尘中厮追逐"，对于攒钱不厌其烦，简直是舍生忘死。

古人有一个观点，安贫乐道神明才会保佑，聚敛钱财时有遭殃。虽然不是至理名言，不过倒也有几分道理。单纯地去敛财，对他人对自己都吝啬，既会失去亲情和友情，也会令自己生活在饥寒交迫当中，有时还会闹笑话。历史小说中最有名的吝啬鬼严监生就是省钱的个中高手。严监生出于明代小说《儒林外史》，他生活极为拮据，连老婆的丧葬钱都舍不得掏。他在临终之际，一直伸着两根指头不肯断气，大侄子、二侄子以及奶妈等人都上前猜度他的意思，却没有一个人说中，最后还是他的小妾赵氏走上前说："我知爷您的心事，您是为那灯盏里点的两根灯芯吧，怕费了灯油。"于是赵氏去挑了一根灯芯，严监生终于点头咽气蹬腿了。

严监生这样的吝啬既少见又可笑，不过抱素道人笔下的财主比起严监生有过之而无不及。此人放高利贷、开当铺，为了把钱看住，雇军队看守，叫法师施法术别让钱变没了，自己则

　微风不定，幽香成径　　元曲

像个学道者一样坐在床上盘腿盯着金山银山。更夸张的是，此人连"王戎遗下旧牙筹"都不放过。王戎是魏晋竹林七贤之一，好喝酒吃肉，经常用牙签剔牙，签上沾了肉渣。财主连带肉渣的牙签都不放过，足见他有多么吝啬。

不过，此人从不忘外出嫖妓、寻欢作乐，却不管家人的死活。而严监生虽然吝啬，但不至于完全失了亲情，在情感上还存在人性，和这财主的卑劣和丑态没办法相比。"十煞""九煞"便是写财主以上的种种行为。

人有了钱便好求权力，有了权力则更加方便贪钱，然而本着这种想法的人往往死无葬身之地，因为古往今来的大贪官都是惨淡收场。

"五煞"一曲讲的即是贪财者亡命的下场。曲中提到了董卓、元载等贪臣。董卓修郿坞用来藏自己的金银财宝，结果被吕布所杀，街头陈尸多日，痛恨他的人还在他的肚脐上点灯。俗语说，肚脐眼儿点灯，心照不宣。董卓的横征暴敛路人皆知，肚脐上盛行点蜡于情于理。而元载则是唐中期的权臣，贪污受贿无数，最终仍是逃不了被杀的下场。在皇帝眼皮底下贪钱，要看皇帝和同僚的心情，稍有差池还不掉了脑袋？

没钱也苦，有钱也苦。有人称有钱就是一条龙，没钱化为一条虫，可财多架不住败坏，架不住因财引来的祸患。《哨遍》"二煞""尾"二曲中，写该财主在官场上没有打点明白，被人故意找茬下狱。等财主想起花钱消灾时已晚，最后被折磨得魂飞魄散，暴尸街头。

世人往往视财如高墙，费尽心思爬了上去，以为能够爬得更高，却不知另一侧就是悬崖，一失足成了千古恨。天作孽犹可恕，自作孽不可活，为了钱财，人们往往变得愚蠢至极，可人们仍趋之若鹜，并认为它能为自己带来一切。可当上天的恩宠抛弃了某人时，他身上隐藏着的愚蠢就会瞬间爆发出来，而这种愚蠢过去从未有人察觉，甚至连他自己也毫不知情。

因为道教比较盛行，元代曾大肆流行过炼金术，很多人对此深信不疑。炼丹术士试图用水银和铅炼金子，妄想借此发财。他们东家走西家串地借钱买材料，但没有人成功，可还是有人对炼金术痴迷不已，甚至连家人的死活都不管。抱素道人写下《哨遍》的曲子，部分原因即是讽刺当时社会上爱财、敛财的现象。

"大丈夫未肯因人热，且乘闲、五湖料理，扁舟一叶。"人为无财无名而着急，恼的是自己，也常常会给别人带来麻烦。其实只要吃饱穿暖，扁舟一叶，四处逍遥便可。

绵绵思古情

历史可以埋没逝去的时光，激起今世的尘埃。从古语里觅得真趣，无论哪一个时代的人都会，对人生有太多感慨的元文人怎肯错过一场场历史好剧，以讽喻当下的是非黑白呢？

当时只道寻常事

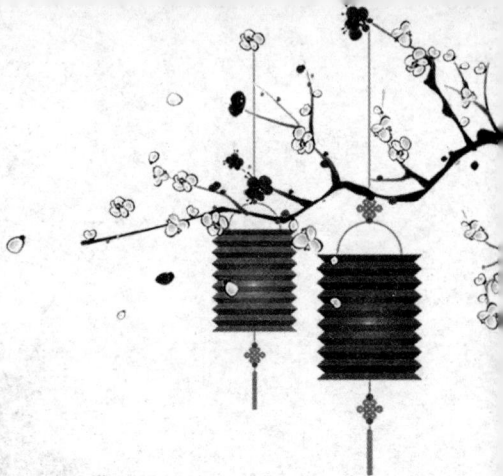

　　曲人卢挚的一生可以说是一个悲剧，无论是感情上还是事业上。他与其他人的不同在于，别人既没有得到感情的归属，也未在仕途上迸发出光芒，而卢挚把这两样东西都掌握在了手中，最后又错失了。是他的性格使然还是他时运不济，后人很难评断。

　　元世祖至元五年（1268年），经过几轮的筛选，卢挚荣登进士榜单前列，不久之后即当上翰林院集贤学士。早在唐代就已经存在集贤院这样的文书办事机构，专门负责撰写经史子集，宰相亦属于集贤院大学士之一。可以说，从集贤院出来的才士，被升为一、二品官大有可能。所以唐人把进入集贤院称为"登瀛洲"。相传瀛洲是东海的仙山，唐人认为，集贤院就像仙境一样，入了这里简直幸运至极。

　　元代继承了唐集贤院体制，并兼翰林院作用，还增编了不

微风不定，幽香成径　　元曲

少部门，其中学士的地位仅次于大学士，这是在至元二十二年之后才实行的制度。此前以学士最大。所以，卢挚年纪轻轻就能坐到学士的位置应该可以得意了，而且该官职相当于皇帝的机要秘书和谏臣，皇帝有什么不明白的地方都要向他们垂询，把他们视作顾问。不过，当臣子不再受皇帝宠信时，那种从天堂掉进地狱的滋味更是痛如剜骨。

　　朝瀛洲暮叙湖滨，向衡麓寻诗，湘水寻春。泽国纫兰，汀州搴若，谁与招魂？空目断苍梧暮云，黯黄陵宝瑟凝尘。世态纷纷，千古长沙，几度词臣？

——卢挚《蟾宫曲·长沙怀古》

　　早晨还在朝中办事，晚上却已被放逐到遥远的南方。朝夕不过几个时辰，境遇却是天壤之别。古人把"瀛洲"比作天子脚下，卢挚借"瀛洲"与"湖滨"对比，来说自己遭遇朝廷的放逐。

　　卢挚做集贤学士没多久，就因得罪人而遭谗，被贬谪到湖南，路经长沙偶感风物，写下了上面这曲《蟾宫曲》。他在江南待了数年之久，以《蟾宫曲》为牌子写了十余首怀古曲，表面上感叹千秋万世，其实是倾倒一肚子的苦水。

　　曲中第一句交代自己遭遇的背景后，接下来便写他在湖南的见闻：徜徉在衡山之麓，漫步于湘水之滨，鼻尖嗅到的是岸

芷汀兰散发的幽香，眼前是漫天芳草，令人想起了以秋兰为佩的屈原和在江边追忆屈原的宋玉。哎，像宋氏一样肯为屈原招魂的有几人呢？千年时光匆匆而逝，他来到了湘水之滨，举目遥望远处苍梧山与黄陵庙，不禁想到了舜帝和他的两个妃子娥皇、女英，思古之情油然而生。

"空目断苍梧暮云，黯黄陵宝瑟凝尘"两句，所指的便是舜帝与娥皇、女英的故事。司马迁在《史记·五帝本纪》里曾讲到，舜到南方巡狩，死于苍梧山下，便葬在此处。而《水经注》中记载，娥皇、女英对舜帝忠贞不已，舜帝死后，她们纷纷溺毙于湘水殉情。人们为了纪念二女而在洞庭湖畔修了黄陵庙。卢挚用这两句话来描写暮霭覆盖的苍梧山和黄陵庙，并为尘土掩埋的二妃抒发自己的哀伤和追悼之意。

卢挚思屈原、宋玉，思舜帝、二妃，皆是有缘由的。长沙湘水畔，多少年来留下了无数骚客的遗憾。卢挚也怕在这里度过余生，再难回到帝王身边施展才华。为忠臣者最怕遭冷弃，他的伤情在曲中不言而喻。

凡善于作诗成对的文人，只要见到有古人痕迹的事物时总不免感慨一番，要么慷慨激昂，以抒壮志；要么感时伤事，黯然出尘。卢挚感怀身世，在对人生无望，希望破灭之后，不得不放手。

问黄鹤惊动白鸥：堪鹦鹉能言，埋恨芳洲？岁晚江空，云飞

微风不定，幽香成径　元曲

风起，兴满清秋。有越女吴姬楚酒，莫虚负老子南楼。身世虚舟，千载悠悠，一笑休休。

——卢挚《蟾宫曲·武昌怀古》

辗转到了湖北武昌，卢挚此时仍戴着集贤院学士的高帽，却终日闲极无聊。一日，他登临名闻天下的黄鹤楼，忽而有只惊起的白鸥横空飞过，与黄鹤楼组成了奇妙的画面，就像黄鹤惊动白鸥一般，令白鸥不敢停留。此情此景，激发了卢挚的灵感，遂写下了这首武昌怀古曲。

举目望去，看到远处的鹦鹉洲，卢挚蓦然想起死在此处的汉末才士祢衡。祢衡因为恃才傲物、桀骜不驯，相继得罪曹操、刘表等人，最后一个收留他的江夏（武昌）太守黄祖也受不了祢衡的嘴，将他处死。祢衡的饮恨在卢氏看来可悲可悯，卢挚认为，一个有才能的人因为高位者的不赏识而就此淹没，难道不是件恨事吗？

不过，浩瀚长空，云淡风轻，有吴越美女、香酒陪伴，卢挚觉得不应因为一点伤古之情就浪费了眼前的景致，辜负"老子南楼"的美意。"老子南楼"本是《晋书·庾亮传》里的一个小故事。东晋六州都督庾亮镇守武昌时，他的部下殷浩等人月夜乘船登南楼赏夜景，庾亮得知后也来凑热闹。部将们见状纷纷走开，为自己偷闲的行为感到不好意思。庾亮却笑着说："你们不用这么着急走，就算先生老子来了这里，看到胜景也不忍

离开的。"说罢便亲热地与殷浩等人饮酒作乐，谈论国家大事。

卢挚借"老子南楼"来劝自己，不要辜负良辰美景。面对身世如虚舟，无根无底、四处漂荡的境况，卢挚虽然伤怀，可是却于事无补，他能做的只剩下自我释怀。历史记载中的卢挚温柔多情，其词曲清丽，在他的众多曲子当中，这曲《蟾宫曲·武昌怀古》竟突发豪放之言，叫人不免惊讶。难得卢挚能如此看得开，在尽是淫雨霏霏的元代发出清音。

但不可否认的是，卢挚时刻都透露出对现实的不满，他的怀古曲既不是为赞扬古人而作，也不是为天下黎民所写，通常都是为自己的一点辛苦诉说埋怨之言。他无力改变现实，能做的只有饮酒作乐，寻求离开浮生的解脱。也许正是他想放又放不掉的优柔寡断，注定了他事业的不顺、情感的失败。如果他能一心钟情于他心爱的女子朱帘秀，他的一生想来能获得些许安慰，然而就连忠贞的爱情，他也让其如冰般消融在掌心。

一醉解千愁，酒醒愁更深

　　"酒"这东西说好不好，说坏也不坏。对酒鬼来说，酒肯定是导致人更颓废的罪魁祸首，但对文人来说，酒往往是其灵感爆发的催化剂，是大大的妙物。中国饮酒习俗源远流长，是宫廷、家庭宴饮必不可少的"芳物"，也是一种情趣和心境。喝酒有功、德、趣、祸等说法，不是饮酒就有错，少喝怡情，多喝才伤身。此外，酒和诗存在着不可拆解的因缘，若是没了这东西，中国历代的文化将会缺少非常精妙的一笔。

　　宋代民间传说中，有一个书生，名叫赵元，嗜酒如命，他曾言："我这里猛然观望，风吹青旆唤高阳。吃了这发醅醇糯，胜如那玉液琼浆。喜的是两袖清风和月偃，一壶春色透瓶香。花前饮酒，月下掀髯；蓬头垢面，鼓腹讴歌；茅舍中酒瓮边刺登哩登唱。三杯肚里，由你万古传扬。"

　　喝酒喝到醉生梦死，一觉醒来的赵元发现已经日上三竿。

他笑眯眯地手提烧壶，却觉得它比琼浆玉露更使人清爽。既然家徒四壁、两袖清风，与其对命运不断埋怨和奢求，还不如月下饮酒、捧肚歌唱。三杯酒下肚，说不定能吟出什么千古名句，传唱后世呢！

赵元这玩世不恭之态，是许多爱酒的文人的缩影。例如晋代竹林七贤中的刘伶，对酒的痴迷程度比赵元有过之而无不及。由此可见，中国文人对酒及酒文化青睐有加。

赵元本是宋代民间传说中一个因酒得奇缘的小人物，他是落魄的富家子弟，平时好酒贪杯，被妻子刘月仙和岳父、岳母嫌弃。刘月仙及她的父母总是任意打骂赵元，把他视为废物，后来甚至欲除他而后快。赵元只能靠醉酒来逃避现实的苦难。他的好酒并不如古代名士那样风雅，一不是为了激发诗性，二不是通过喝酒得出一些文化结论，他喝酒只为解脱。不过，他后来却经历了一系列好事，这些好事都是因酒和美如蛇蝎的老婆刘月仙，倒也可以说是冥冥之中，自有定数。

素有"小关汉卿"美称的元代戏曲作家高文秀借赵元的故事发挥，写了《好酒赵元遇上皇》一剧，顿时在民间引起了不小的轰动，让市井之人再次肯定"酒"是好物。在高文秀的笔下，赵元历经酒难、酒缘、酒功、酒趣等过程，让观剧人着实为他捏了一把汗。看罢剧目之后，人们忍不住开怀叫好。

赵元的"酒难"由他的蛇蝎老婆刘月仙引起。此女嫌弃赵元不长进，暗暗在外面与东京臧府尹有暧昧关系，一心想要嫁给臧府尹。刘、臧二人为了做长久夫妻，遂想了一个诡计，差赵元送文书到汴京给丞相赵光普，却故意把文书晚三天交给赵元，让他延误日期。宋代官府有明文规定，延误一日杖四十，延误三日就处斩，赵元心知死路一条，又不得不送，满腹哀愁地上路了。

一场梨花大雪来临，天寒地冻，不过赵元并没有对老天发出怨怼，反而感谢上天，因为大雪让自己躲进了路边酒馆，与他的知己——"酒大人"见面。

【牧羊关】见酒后忙参拜，饮酒后再取覆，共这酒故人今日完聚。酒呵，则到永不相逢，不想今番重聚。为酒上遭风雪，为酒上践程途。这酒浸头和你重相遇，酒爹爹安乐否？

——高文秀《好酒赵元遇上皇》第二折

这段曲子写得好笑有趣在于，赵元见到"酒"之后的表现。他一路冲进酒馆，叫来"酒大人"，对其又是参拜又是讨好。赵元视酒如亲人，还以为自己赴死之前肯定不能再见它，没想到因为暴风雪而与"亲人"重逢，实在让他又惊又喜。剧中第二折这段求爷爷告奶奶的感激话，听来让人忍俊不禁。他那充满谐趣的话被微服出巡、落脚酒店的宋太祖赵匡胤一行人听到，赵匡胤忍不住留意到此人。

赵元一边喝一边唱，忽然听见旁边的掌柜在与人大声理论，顿觉对方扰了他的酒兴。他上前一问掌柜，才知有几个人喝完酒却没钱付账，他便大方地替这些人付了钱。不料没有酒钱的几人正是赵匡胤一干人等。赵匡胤不小心丢了银子，所以无钱付账，他欣然接受了赵元的恩惠，并与赵元把酒言欢。二人聊得甚是投机，均觉得遇到了知己。赵元一时酒劲上来，便开始对赵匡胤诉苦，讲刘月仙和臧府尹如何害他。

赵匡胤闻言思索半晌，声称自己认识宰相赵光普，并且在赵元的手臂上写下了一封"求情信"。赵元带着手臂上的"求情信"到了京师，见到赵光普之后，赵光普立刻对他客客气气，还推荐他当上高官。

衣锦还乡的赵元，见到臧府尹被赵光普发配到边疆，刘月仙也被杖刑一百，两人都受到应有的惩罚，他便心满意足了，遂向朝廷辞去官职，回到了他的酒坛边，又开始了与美酒相伴的生活。

赵元自认自己是"愚浊的匹夫，不会讲先王礼数"，宁归隐而不进取。其实，他身上有着古代文人共同的气质，入仕之念并非一点没有，但他自言一介匹夫，是因为世上人心难测，伴君如伴虎。爱人的欺骗、上司的陷害令他对现实感到失望，而"酒大人"从不会骗人。在酒的面前人可以变得毫无心机，酒也可以为人消除一切烦恼。在赵元看来，贪杯是一种不可言喻的幸福，比升官发财更为现实。

高文秀之所以选中赵元的经历做自己剧本的内容，也是想借他来映射自己。赵元因酒难而遇酒缘，巧得功名，是高文秀以及所有元文人的梦想。如果他们能赶上帝王微服出访，与帝王结缘，说不定也可入朝为官。可现实状况的悲惨又令元文人知道一切仅是梦想而已，所以高文秀又安排赵元回到"酒大人"身旁，这是元文人无奈之下的隐忍。郁结于他们心中的不甘之痛和不仕之忧，如双刃剑一般折磨着他们，他们只能从舞台戏剧中寻求自我麻醉。

然而，人们常说"一醉解千愁"，却不知酒醒愁更深。无论怎样，一个人借酒堕落总是不值得称道的，世界上越是没有人爱自己，自己才越要爱自己。

尴尬的杨贵妃

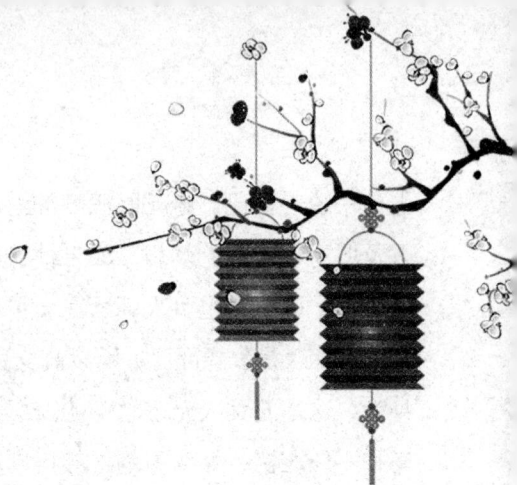

　　大洋洲土著居民毛利人以胖为美，在世界各民族都是罕见的，族中女子大多重三百多斤，虽然胖却很灵巧，甚觉可爱。中国流行以胖为美，唯有唐朝时期，"胖美"不是在某个民族内产生，而是风靡全国的时尚体态，主要是由于当时的国力鼎盛、文化繁荣和民政宽松。

　　唐人认为，国家雍容华贵、大方得体，因此彰显世人美丽的女子也应丰腴才对。加之唐朝流行高耸发髻、花纱长袍彩衣，女子多袒胸露背，如果瘦骨嶙峋，看起来就像个骷髅，当然不适合唐时大方的装束。正是得益于这种美学观念，唐朝第一美人杨玉环顺利选秀入朝，成为唐明皇之子寿王的王妃。

　　种种历史资料显示，杨玉环身高一米六四，体重一百三十余斤，应是中等身材偏胖。她能歌善舞，当然不会是个水桶腰，否则也不容易被朝廷选秀者看上。此外，杨玉环精通音律，聪颖非常，机智过人，善解人意，不但寿王喜欢，老皇帝唐玄宗也很喜欢这个"媳妇"，找了种种借口将她送去做了女道士，将她和寿王的关系割裂开；几年后唐玄宗又找了个理由将杨玉环招入宫中，但这一回则是作为自己的妃子。

唐玄宗不顾人伦，夺子所爱，但在那时并没有遭到道德上的谴责。而杨玉环受宠，杨家借女人上位，反而成了天下人的话柄。是以当安禄山逼宫时，杨贵妃成了最大的替罪羔羊：淫乱祸主，其罪当诛。

　　睡海棠，春将晚，恨不得明皇掌中看。霓裳便是中原患。不因这玉环，引起那禄山？怎知蜀道难。

——马致远《四块玉》

马致远在写这首形容杨贵妃的《四块玉》时，不知是抱着怎样的心态，多少对这个美女持的是鄙视态度。他笔下的杨贵妃美则美矣，却并不招待见：暮春时节，海棠春睡的杨贵妃姿容娇艳，玄宗恨不得把她当作掌中明珠，然而偏偏就是这个美女成了中土大唐的祸患。玄宗与她终日在宫中轻歌曼舞、饮酒作乐，不顾朝政，节度使生出异心，在地方起兵造反，祸国殃民。最终节度使安禄山叛乱，攻入潼关，玄宗带着杨玉环及残兵逃亡蜀中。逃亡大队路过马嵬驿时，扈从的禁卫军哗变，要求玄宗诛杀杨玉环以谢天下，重拾明君姿态。把杨玉环视若心头肉的玄宗悲痛不已，但为了稳定军心保命要紧，仍是牺牲了曾经引以为精神支柱的胖美人。马致远的曲子讲的就是这段故事，他明说唐明皇无道，其实是说杨玉环红颜祸水。

然而，真正该受到谴责的是这二人吗？唐明皇倾国之后舍不得江山和性命，将心爱的女人送上刑场，他的内心也是备受煎熬的。真正可恨的，不应该是背负祸国罪名的杨玉环，也不是自私保命的唐玄宗，因为他们只是相爱，相爱又有什么错呢？一切皆怪他们没有扮演好自己的角色。不明智的皇帝和混乱的朝廷接纳了一个错生时代的女人，便乱了天下。所以，后人还是认为，白居易对二人情感的中肯评价是最能让人接受的。

此生长恨天地有时限，唯愿在天成为比翼鸟，在地结为连理枝。杨贵妃与唐明皇也不想成为祸水、昏君，他们只想厮守到老而已。然而这点愿望也因为他们的身份而未能实现。此时再看白朴的《唐明皇秋夜梧桐雨》，对唐明皇与杨贵妃不免生出同情，才知相爱不能相见的滋味，那等心酸怎一个"愁"字了得。

【滚绣球】长生殿那一宵，转回廊，说誓约，不合对梧桐并肩斜靠，尽言词絮絮叨叨。沉香亭那一朝，按霓裳，舞六幺，红牙箸击成腔调，乱宫商闹闹炒炒。是兀那当时欢会栽排下，今日凄凉厮辏着，暗地量度。

【三煞】润蒙蒙杨柳雨，凄凄院宇侵帘幕。细丝丝梅子雨，

微风不定，幽香成径　元曲

装点江干满楼阁。杏花雨红湿阑干，梨花雨玉容寂寞。荷花雨翠盖翩翩，豆花雨绿叶萧条。都不似你惊魂破梦，助恨添愁，彻夜连宵。莫不是水仙弄娇，蘸杨柳洒风飘？

……

【黄钟煞】顺西风低把纱窗哨，送寒气频将绣户敲。莫不是天故半人愁闷搅？前度铃声响栈道。似花奴羯鼓调，如伯牙《水仙操》。洗黄花润篱落，渍苍苔倒墙角。渲湖山漱石窍，浸枯荷溢池沼。沾残蝶粉渐消，洒流萤焰不着。绿窗前促织叫，声相近雁影高。催邻砧处处捣，助新凉分外早。斟量来这一宵，雨和人紧厮熬。伴铜壶点点敲，雨更多泪不少。雨湿寒梢，泪染龙袍。不肯相饶。共隔着一树梧桐直滴到晓。

——白朴《唐明皇秋夜梧桐雨》第四折

这段唱腔摘自《唐明皇秋夜梧桐雨》的第四折，讲的是唐明皇马嵬坡杀死杨国忠、逼杨玉环自缢之后回宫时的情景。那时"安史之乱"渐渐平定，回到长安的玄宗不问世事，退居西宫颐养天年。可是痛失挚爱，他如同丧失了魂魄，而爱情沦丧之后他的权力又被架空，爱情与事业两相皆无好结果的玄宗凄凉不已。面对着西宫内杨玉环的画像，他更加心痛欲死。

"滚绣球""三煞""黄钟煞"三段均是描写唐玄宗当时的心情。他回想在长生殿的那晚，与杨玉环并肩坐在长廊上，对着在夜风中簌簌作响的梧桐，发誓生生世世不分离。还有在沉香亭的那天，杨玉环跳着绝美的舞蹈，他唱歌，她舞袖，彼此眉目传情，好不快活。这些好像都发生在昨日一样，但一转眼物是人非事事休，只剩下自己对着凄迷细雨、冷冷殿阁，看百花落尽，绿叶萧条，睡着了惊醒，躺下去一夜无眠。

夜里西风寒气逼人，在窗棂间滑过时发出奇怪的声响，仿佛是西蜀栈道上的马铃声、渔阳鼙鼓的惊魂声，令玄宗冷汗淋漓。败落的花叶、月下阴影重重的山石、枯静的荷塘与翅沾湿露的蝴蝶，看上去死一般的寂静，然而他又看到昏黄的灯火在闪烁，耳边听到了虫燕喧闹泣鸣和恼人的捣衣声。玄宗弄不清自己究竟听到或看到什么，只因他心乱如麻、彷徨无措，有声也是无声，无情也是有情。这一夜梧桐雨，打湿了周遭的事物，而他的泪早已打湿龙袍。

白朴将玄宗放进了梦幻凄清的西宫，让他游离于内无法超脱。此举略显残忍，然而在宫中玄宗的一举一动却可真实地反映出玄宗的情意。在《旧唐书》中讲过，杨玉环“每倩盼承迎，动如上意”。玄宗平时的饮食起居、行走踏步，稍有行动，玉环皆能领悟，帮他处理好接下来的事情，此等体贴，并不仅是一个纯以美色得到皇帝青睐的妃子所能做到。皇帝三宫六院，艳妃如云，何以偏偏专宠杨玉环？皆因玄宗视她为知音。步入老年的玄宗就算再好色，凭他年轻时的明智也不至于为了一个美女而弃江山，而且，纯是贪图床笫之欢不足以让唐玄宗迷失心智。是杨玉环的体贴入微让唐玄宗枯燥的中年仿佛得到了春雨，玄宗实则为自己找了最佳的柏拉图式的情侣。

　　如此去看待玄宗与玉环的爱情，则更不忍对他们有非议。白朴一生在情感上饱经伤痛，令他能深切体会两人的苦痛，所以他格外同情杨玉环的身世，让唐玄宗梧桐夜雨一席话，作为献给杨玉环最美的悼文。

　　一品贵妃的杨玉环，坐到女人一生能够坐上的最高位置，从权力方面而言她应该知足了；作为古典美女，她风靡全亚洲，甚至连日本都有她的衣冠冢，她应该甚感欣慰。因此在许多文人笔下，她被唾骂成妖妇的尴尬或许稍能减弱，毕竟不是她特意为成祸水而生，只不过恰好那时她生得很美、聪敏多情，而又胖了那么一点点，结果成了天下的尴尬。对她，人们应该多几分正视、多几分包容。

佛祖眼下的花花世界

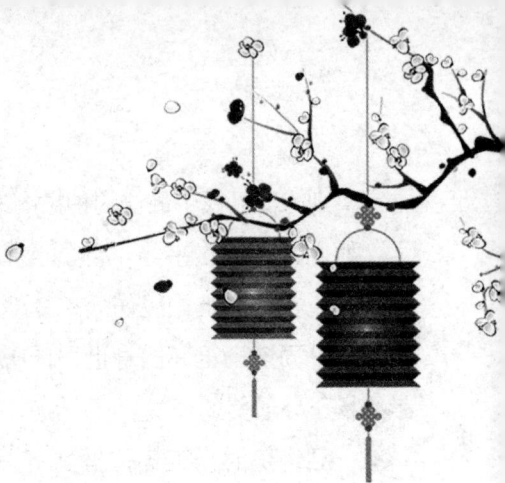

　　修行是佛家人必不可少的作业，是否能修得真佛法，则要看个人的悟性和定力。冯梦龙在他的"三言二拍"中讲过，修行不是件容易的事，有许多和尚打坐多年，往往过不了七情六欲的关。

　　元代是佛教兴盛的又一时期，寺庙林立，和尚众多，有关修行的故事自然也不少，也许是文化发展到这个时候，小说戏剧的流行为记录民间故事提供了方便，而元朝文化的紊乱致使许多文人不是特别在意正统的宗教思想，结果一些专门记录和尚逸事的故事纷纷浮出水面，百姓把这些当成生活娱乐、茶余饭后的趣事，津津乐道。

　　王实甫曾根据宋人张邦畿的《侍儿小名录拾遗》中的一段故事写下了《度柳翠》一剧。原故事主要是讲五代时有一僧人，号至聪禅师，在山中修行多年不敢怠慢。一日他下山碰上了一

微风不定，幽香成径　　元曲

个叫红莲的美人，竟然动了春心，与红莲相好，最终两个人一起坐化升仙。这段逸闻对佛家而言颇为不敬，却是小说、戏剧作者笔下最好的材料。王实甫看过之后遂动笔重新编写了故事，可惜因种种原因剧本散逸，直到杂剧家李寿卿再次改写，才成就了一部在民间流传极广的名剧《月明和尚度柳翠》。不过这部"度柳翠"可谓前无古人后无来者，因为无论是张邦畿、王实甫还是明人冯梦龙，都写了"和尚遇色劫"的故事，唯独李寿卿抛弃了这种"笑话"。

要了解李寿卿剧本的特别之处，就必须先说冯梦龙版本。冯氏向来善于编写故事，刻画极尽能事，他笔下遭遇色劫的和尚法号玉通禅师，是从宋代到明代几百年来各个版本通用名称。

话说南宋临安府尹派人请玉通和尚到山下参禅，玉通不答应，柳府尹一气之下派了美女吴红莲上山迷惑玉通，玉通受不了心魔，一怒之下气死了，转世投胎成柳家的女儿柳翠，长大后沦落为妓女，专门败坏柳家的名声。后来，柳翠遇到得道的和尚月明，被其点化，终修成正果，坐化成佛。

这段民间逸趣经李寿卿的笔，内容与冯梦龙的大相径庭。李寿卿并没有大写特写"红莲色劫"，反而把柳翠的前世写成了观音大士手中的柳枝。元人信佛者极多，元世祖即位至顺帝末年的百余年间，朝廷在中土大肆兴建佛寺，忽必烈甚至册封西藏名僧帕思巴东来为"帝师"，管理全国佛教。南方禅宗盛行，天台、白云、白莲等佛教宗派也活跃于全国各地，各有各的市场，可以说佛教已经深入人心，不可轻易亵渎。处于这种宗教气息浓厚的氛围当中，李寿卿又是当世名作家，而元中期的宗教信仰评论自由程度也不及王实甫所处的时代宽泛，所以李寿卿选择了中庸法，折中了容易被禁的内容。

剧中第一个登场的不是柳翠也不是月明，而是观音菩萨。她手持玉屏柳枝，忽然发现枝条上沾染了尘土，暗道原来柳枝仍没有摆脱尘俗的叨扰，便罚它下凡经历轮回之苦，三十年后再度修炼成佛。于是这根柳枝就投胎成了杭州抱鉴营的风尘匪妓柳翠，与富户牛员外交好。柳翠平时在外行为不检点，但因太漂亮而深得牛员外的欢喜。天上的佛祖怕柳翠无法自度成佛，派去了佛祖第十六尊罗汉月明尊者去人间点化她。

柳翠与转世的月明尊者邂逅是在柳翠父亲去世十周年的法事上。牛员外为了讨好柳翠，特别到蒿亭山显孝寺请了十个和尚下山为柳父超度。显孝寺很小，住持凑了半天才弄出九个和尚，思来想去只好把伙房做饭的疯癫和尚月明叫来凑数。这疯癫和尚正是月明尊者的转世。

月明自称"疯魔"，坚持不下山，直到住持一一应允，他才跟着去了，并且打定主意要与柳翠见面。住持对他的想法心存唾弃，却不知他的目的其实是引导柳翠返本还原，重回西天。

【混江龙】直待要削开混沌，月为精魄柳为魂。一任着纷纷白眼，管甚么滚滚红尘！恰才个袖拂清风临九陌，又早是杖挑明月可便扣三门。则为我这半生花酒为檀信，其实的倦贪名利，因此上不断您这腥荤。

——李寿卿《月明和尚度柳翠》第一折

这段曲子的内容充满了佛家因果轮回的思想，是月明下凡的理由。柳翠为因，月明为果，二者同下凡间互为因缘。月明虽在人间遭尽白眼，图的不是名、利、色，而是为柳翠打开一条偿还罪孽之路。

于是，月明对柳翠的第一次度化开始了。他见到柳翠之后，便奉劝她快快脱离声色犬马的日子，早些超越生死，免却六道轮回。可柳翠舍不得青春少年，她可以凭借美貌和身材来换取钱财，以前过惯了享受的生活，若是半路出家，她就等于失去了一切可依仗的资本。不过青春总是有限，等到人老珠黄时才后悔，慧根就难续了。

剧中的第二折是月明的又一次度化。柳翠因为心中有愧，夜夜梦中都会见到月明在跟她讲佛法，有时又梦到自己变成狸花猫儿思春。由于月明是罗汉转世，可算出人的梦境，他对柳翠的梦了如指掌，知道后者一面想要出家，一面又贪恋凡尘的心思，便再去找柳翠进行劝说。不过，柳翠仍舍不得自己的三千发丝，却不知发丝正是她烦恼的来源。月明苦口婆心再三劝谏，在睡梦中把柳翠引至阎神面前，让柳翠看清人死后的凄惨情景。又把投胎轮回于六道的境况讲出来，终令她点头答应出家修行。其实柳翠本身也是有慧根的，她前世为观音大士的柳枝，终日沐浴无边佛法，听月明和尚整天念叨，也听出些门道。

【黄钟尾】你道是这回和月常相守，才赚的春风可便树点头。聚莺朋，会燕友，蜂衔喧，蝶梦幽，啭黄鹂，鸣锦鸠，噪昏鸦，覆野鸥，袅金丝，春水沟，拂红裙，夜月楼，酒旗前，望竿后，风又狂，雨又骤，霜正严，雪正厚，霜来欺，月来救，我救的这月里杪椤永长寿；我着你访灵山会首；也不索别章台的这故友；我则怕你又折入情郎画眉手。

——李寿卿《月明和尚度柳翠》第二折

"黄钟尾"这段曲子是月明和尚给柳翠讲的一个佛偈。他打了一个有趣的比喻：在水沟边迎风飘零的垂柳，一生受尽蜂蝶百鸟鸣叫的折磨；在珠楼酒家旁的细柳，受尽脂粉与酒旗的沾染。二柳年年月月遭风霜雨雪的摧残，得百般凌辱，这是劫数也是历练，而帮助柳树脱离苦海的正是那天上明月。这个比喻的言外之意很明显，天上明月指的便是月明和尚，那二柳便指柳翠了。

受教的柳翠心无杂念地决定出家，月明和尚的任务终于圆满完成，他打算脱离凡胎回佛门圣地灵山，等着二人再次相见。最后月明还怕柳翠再动凡心，特别再三嘱托她不要再堕入风尘。

看过了世间种种绰约风姿，告别了生命里牵肠挂肚的人，柳翠追随在月明的身后，脱离苦海荣归西天，回到观音大士的玉瓶。

佛偈有云："一切有为法，如梦幻泡影。如露亦如电，应作如是观。"一切事相皆是缘聚则生，缘散则灭，变化无常，无从捉摸。如梦幻泡影、雨露霜电，今有明无，只要淡然视之，不被它迷惑，就修成佛家的正果了。

李寿卿借《月明和尚度柳翠》一剧，想通过它来度化那些还看不透人生疾苦的人们。剧中的词曲唱起来典雅脱俗，意境幽玄，叫人可从神明的按语中得到对生命的顿悟。其实，所谓的"顿悟"都是李寿卿自身对生命和生活的诠释，这是他早凡人一步得到的慧根。难怪明代曲学研究者朱权在《太和正音谱》中将李寿卿列至元杂剧作家的第四位，可见一个人的作品不贵多而贵精，在于其给了后人何种启示和规劝。

汉宫青冢上，隔世遇知音

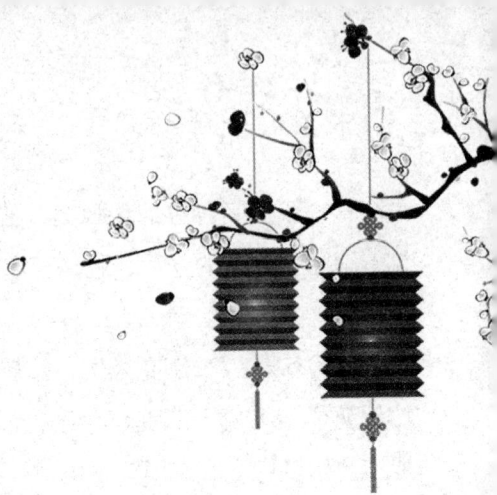

那一夜深宫里的幽怨之音，令宫槐的宿鸟、庭树的栖鸦都要屏息。是谁的琵琶乐惊醒了帝王梦，让汉元帝在宫中四处寻觅幽怨的乐曲从何而来？

元帝走进了他这辈子都不会去，也不能去的冷宫院内，在一帘深幽的帐幕之后，看到了一抹纤细优美的身影。那一刻他惊呆了，为何这冷宫之中却有如此清艳的女子，而他从未有过印象。

【醉中天】将两叶赛宫样眉儿画，把一个宜梳裹脸儿搭，额角香钿贴翠花，一笑有倾城价。若是越勾践姑苏台上见他，那西施半筹也不纳，更敢早十年败国亡家。

——马致远《汉宫秋》第一折

微风不定，幽香成径　元曲

此女的面容倾国倾城，汉元帝一看到她，便觉惊为天人，比起西施有过之而无不及。如果越王勾践早遇到她，西施也要被忽略不计。想到这里，汉元帝更加不理解，就算自己终日在朝堂上忙于政事，也不可能轻易忽略这样的优雅女子，究竟原因为何？

让汉元帝深深着迷的女子，便是在汉宫中待了几年的王嫱王昭君。她没料到在半夜里弹琴，竟然会惊动帝王，犹以为自己身在梦中。想当年画师毛延寿从中作梗，在她的画像上点了丧夫痣，使她甫一进宫就幽居冷殿。一晚，她忧思难消，本打算趁着夜里无人，拂曲聊以慰藉，竟然引来一心希冀见到的人。

汉元帝与王昭君邂逅的一幕，便是《汉宫秋》第一折开篇所写的场景。马致远的《汉宫秋》作为元代的名剧，所写的虽然是昭君，但它的特别之处是不写昭君出塞，而是架空一段昭君与元帝相爱的过程。在全剧中，马致远尽情地发挥着自己的想象，放纵自己的笔调，去写一段欲舍难离、可歌可泣的爱恋。

剧中的元帝和明妃王嫱，前者体贴，后者温柔，他们相处的时光温馨无比。可惜天若有情天亦老，月若无恨月长圆。昭君得宠之后，画师毛延寿畏罪潜逃至匈奴，为了报复元帝和昭君，便将昭君的画像送给单于。单于顿时为王昭君的美貌所迷，本准备南下进攻的念头也打消了，派使者到汉室索婚，只要元帝将昭君奉上，一切皆可商量，要是汉元帝敢拒绝，匈奴"有百万雄兵，刻日南侵，以决胜负"。

汉元帝本以为满朝的文武百官会支持他打仗，哪知这班人马个个吓得屁滚尿流，哭爹喊娘地要求他把昭君送给匈奴王。这些"卧重裀，食列鼎，乘肥马，衣轻裘"的重臣，本应食君之禄、担君之忧，却在关键时刻都龟缩起来。面对这些废物，元帝一个人又能做什么？就这样，元帝忍着心被撕裂的痛楚，在大殿上为王嫱和匈奴单于主持婚礼，那一刻，他的拳头紧握，指甲嵌进掌心，掌心渗出的鲜血被隐没于明黄的袖中。

　　被逼献出心爱的女人，元帝的痛苦王嫱是明白的，但是她能不走吗？那些大臣们为了讨好匈奴，逼迫元帝将自己放手，已经把她比作了颠覆国家的妲己。只要她走了，既能保证汉室的平安，也不至于让心中所爱背负亡国之君的罪名。

　　王嫱其实是非常聪明的，美丽、果敢、睿智，女人应有的她都有，女人没有的她也有。塞外虽是苦寒之地，朔漠相连，低头不见地界，抬头望不尽天边，却任她行走，无拘无束，比她在汉宫里受千夫所指强上百倍。如果因她而令中原黎民受苦，她就变成千古罪人了；如果她的走能止息干戈，或可流芳永世。

　　事实证明，王嫱的选择是正确的。中国的文人最不齿不洁的女人，无论是身体的背叛还是心灵的背叛。但是当一个女人为了大义而牺牲"贞洁"，便是永世赞赏的对象。许多人可怜王嫱远赴千里，埋骨他乡，魂向中原不能回，为她写下不计其数的挽联，为她歌功颂德。王安石也说过，王嫱既成就了中原数十年的安宁，也使得她自己的爱情得到了皈依。也许王安石这

微风不定，幽香成径　　元曲

样说是对的，元帝虽然为了昭君痴迷，却没有力量守护她，相反是单于给了昭君婚姻上的皈依。但是，马致远的《汉宫秋》不想苟同他人的看法，而是对元帝与王嫱不能情有所终给予了最大的怜悯。

【梅花酒】呀！俺向着这迥野悲凉。草已添黄，兔早迎霜。犬褪得毛苍，人搠起缨枪，马负着行装，车运着糇粮，打猎起围场。他、他、他，伤心辞汉主；我、我、我，携手上河梁。他部从入穷荒；我銮舆返咸阳。返咸阳，过宫墙；过宫墙，绕回廊；绕回廊，近椒房；近椒房，月昏黄；月昏黄，夜生凉；夜生凉，泣寒螀；泣寒螀，绿纱窗；绿纱窗，不思量！

——马致远《汉宫秋》第三折

此段所写的尽是元帝送别昭君时的痛苦心情。他在灞桥之上，远眺着护送王嫱的马车隐于荒漠戈壁，感到自己的魂也快要离体追随而去。元帝一想到昭君从此要受苦，终日对着荒草霜天，身边伴的不是贴心的人，他便痛苦难当。塞外的生活是何等凄苦，随处可见褪了毛的狗、扛着红缨枪的牧人，四处都是骚马枯车，荒凉不已，想必待在那里，过的日子也一定是辛苦的。

昭君伤心地离开了，目送她离去的元帝也不得不乘车回咸阳，可是每过一道宫墙，每走一条回廊，两个相爱之人的距离便远了几里。对元帝来说，汉宫之内，只余一片孤寂，只剩凉夜昏月，只闻寒蝉悲泣。再也听不到昭君的琵琶声了。

这一段曲子情感缠绵悱恻，马致远笔下的汉元帝，多情得超乎想象。但剧情没有就此打住，还有更悲惨的事情发生了。

得到王嫱的单于率兵北去，王嫱却做出了惊世之举。她一方面不舍故土，另一方面思念元帝成疾，便在汉番交界的黑龙江投水而死。昭君死的当夜，汉元帝做梦惊醒，突闻窗外孤雁哀鸣，顿时泪如泉涌。他跌跌撞撞地跑出寝殿，叫宫人去打听昭君的消息，才知昭君刚刚已经自尽。而单于怕和汉室因此起了干戈，将画师毛延寿遣送回来。

元帝痛煞，几欲撞墙，下令叫人砍了毛延寿的脑袋，以慰藉昭君在天之灵。数年后，元帝也抑郁而亡。

在《汉宫秋》里，王嫱与元帝虽然生不能在一起，但得到了共同赴死的结局，这是马致远对忠贞爱情的理解。

历史上的王昭君，为了更远大的目标顽强地留在蛮荒之地，既传播中原文化，又宣传和谐共处的观念，匈奴人因此而受益良多，并奉她为神女，在大青山脚下为她建造了永世不倒的衣冠冢。而《汉宫秋》戏里的王嫱惹人生怜，一心守护自己的爱情，在爱情不能完美时则捐躯赴死。

千秋家国
黎民苦

他们愤世嫉俗，他们悲天悯人，他们试图挣脱命运、远离尘嚣。是以留下了很多可悲可叹、可说可感的故事。

青天可鉴窦娥冤

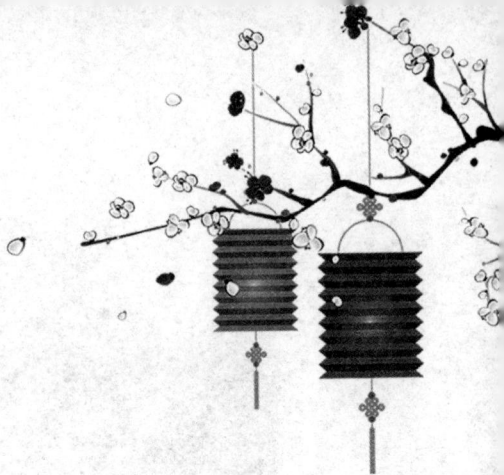

　　淮安地区的历史上出过两大名案，一为元代的窦娥案，一为清代官员李毓昌被害案。据说两案皆惊动全国，成为当时的新闻焦点。李毓昌的案子有详细的史实可查，并没有争议；然而窦娥案就并非如此了。据说当时淮安的确有一个女子被冤毒害婆婆，枉死刑场，详细情节不为世人所知。而此事被关汉卿所关注，凑巧他又想到《烈女传》中"东海孝妇"的故事，深感"东海孝妇"与淮安女子的遭遇相同，不禁大为感慨，遂埋头写下了《感天动地窦娥冤》一剧。

　　关汉卿对这个故事投注了很多的个人情感，就像莎士比亚倾情写下《威尼斯商人》一样。在评判和争论中，正义和真理不一定永远能得到公平的裁判，所以关汉卿选择了用舞台展示的方法，凭借公论和人们的智慧为冤屈的女子鸣不平——真理是永远蒙蔽不了的。

《窦娥冤》故事的舞台当然是元代的淮安。来自山阴的书生窦天章因为无力偿还蔡婆的高利贷，只好把七岁的女儿窦娥抵给蔡婆当童养媳，自己则赴京求取功名，希望有朝一日出人头地。窦娥长大后成了蔡婆的儿媳，怎知道丈夫不到两年就死了，剩下她和蔡婆相依为命。不久，蔡婆向当地的赛卢医要债，赛卢医心生歹念，把蔡婆骗到郊外打算谋害。就在这时，流氓张驴儿父子撞见这个情景，吓得赛卢医慌忙逃跑。

张驴儿父子本就不是正经人，知晓蔡婆有钱，窦娥又漂亮，便起了贪欲，要求蔡婆还他们的救命之恩，迫她和窦娥招他们父子俩入赘。蔡婆自知被侮辱了，但却不敢做声，反倒是窦娥闻讯坚决反抗。所谓好女不侍二夫，更何况对方还是个流氓，窦娥是无论如何也不能答应婚事。

可是，张驴儿贼心不死，趁着蔡婆有病，送上混着毒药的羊肚儿汤给她喝，打算毒死她，就此抢占窦娥。哪知道他的梦做得美，却不料蔡婆闻汤后感到恶心，给了张驴儿的爹喝，结果一碗"索命汤"要了张驴儿老子的命。

世人讲：善有善报，恶有恶报。张驴儿害人不浅，反而害了自己的爹，本应该吸取教训，但他反而调转过来诬陷窦娥毒死自己的爹。官府的大老爷不明事理，不分青红皂白地对窦娥严刑逼供，窦娥终于屈打成招，遂被判了死刑。窦娥在被押赴刑场时，不知有多少围观的人为她鸣冤。

【正宫·端正好】没来由犯王法，不提防遭刑宪，叫声屈动地惊天。顷刻间游魂先赴森罗殿，怎不将天地也生埋怨。

【滚绣球】有日月朝暮悬，有鬼神掌着生死权。天地也只合把清浊分辨，可怎生糊突了盗跖颜渊：为善的受贫穷更命短，造恶的享富贵又寿延。天地也，做得个怕硬欺软，却元来也这般顺水推船。地也，你不分好歹何为地。天也，你错勘贤愚枉做天！哎，只落得两泪涟涟。

——关汉卿《感天动地窦娥冤》第三折

窦娥的这两段流传数百年的经典曲目，实把"天公不作美"的民间俗语说得真切，令人忆起周星驰的经典电影《九品芝麻官》。清咸丰年间，提督之子常威垂涎戚秦氏的美色，将其迷奸，事败后杀了其夫家十三口，又收买证人诬告戚秦氏与家丁私通，戚秦氏屈打成招被判死刑。候补知县包龙星发现其中的蹊跷，欲为戚秦氏翻案，反而被诬陷丢了官职。他无奈之下，只得上京告御状，中途几经波折，终于得到皇帝的协助。包龙星苦练口技，终于在公审堂上舌战群臣，得以为戚秦氏洗冤。

窦娥与戚秦氏的命运遭遇有很多相似之处，但是戚秦氏有心存仁念的包龙星相助，而窦娥却被没有王法的官府一门心思地冤枉到底。窦娥感到莫大的委屈，怨气冲天，遂指着青天白日，怪老天不分黑白，在人间种下了罪恶的种子。在"滚绣球"一段，窦娥借盗跖和颜渊二人的命运，责骂上天无德。

微风不定，幽香成径　元曲

盗跖是和孔子同一时期的民间起义领袖，被统治者认定为残暴、凶狠的化身，后来民间亦把其视作恶势力。当时的盗跖横行几国，屠城劫掠，最后却得善终。而颜渊是孔子最贤能的弟子，宅心仁厚，学识渊博，几乎达到了圣人的境界，可却英年早逝。这两人，一个恶得善终、一个善得恶果，实在不公。窦娥借此二人之事说流氓张驴儿逍遥法外，而自己则受尽苦难还要枉死。这一段控诉韵脚分明，入耳消融，直撼人心，亦显现了关汉卿的大家手笔。

一些学者认为，促成窦娥冤情的是元代社会背景，由于官僚机构的腐败，贵族、地主、富豪无不奢华成风，地痞流氓随处可见，这些都导致大量冤假错案的产生。窦娥被打得"一道血，一层皮"，"才苏醒，又昏迷"，从中可以看出污吏的残忍和愚蠢，当时人心的邪恶和叵测。也许这种说法是正确的，而事实上，整个古代封建社会的本质都是如此。那个时代的女人过着屈辱的生活，不是牺牲品就是玩物，早在窦娥被父亲抵押出去的时候，就已经锁定了她命运的航向。窦娥并不是没有挣扎，但她没有武曌的胆识，没有风尘侠女的自保能力，也没有王昭君那般的美貌。她只是一介妇人，换作任何一个时代，都可能遭遇摧残而凋零。

剧中的窦娥深知通过官吏公正判决来为自己平冤已是泡影，她唯有一死，举头发下重誓，如果她是被冤枉的，头颅被砍下之后，鲜血必然一滴不剩地溅在飘飞的八尺素练上，六月飞雪将掩埋她的尸身，淮安一带必干旱三年。窦娥的诅咒果然一一应验，百姓们皆知窦娥确实是被冤枉。

窦娥惨死之后，人间终遭报应，但关汉卿并没有就此煞笔。他不但要通过上天为窦娥鸣冤，还要在人世当中还窦娥一个清白。窦娥的魂魄找到在京城里当上官员的父亲窦天章诉冤，窦天章遂千里迢迢回乡为女查案，终于把张驴儿千刀万剐，以命抵命。然而，此时的窦娥已经死了，一切都无法挽回。

关汉卿与窦娥在魂灵上是有交集的，关汉卿借窦娥的身世控诉当下这个必将毁灭的世界，而窦娥的精神正是关汉卿的写照。窦娥虽然不是个才女，不会用诗词歌赋来抨击时代，但她却有种宁折不弯的风骨；而关汉卿也不是个重华丽辞章的文人，他仅仅坚持自己的个性和写作手法，来暴露现实生活的不公。

元时代的文人，大多写着四平八稳的文章，视野却越发变得狭隘，社会也变得萎靡。世态之颓气，并不是关汉卿能一扫而罢的，他自己很清楚，但他仍要用窦娥的魂灵，来惊动愚昧的现实世界，以扫世态的颓气。

闲是天许，
忙是自取

在一片吟风弄月、离愁别恨的文学气氛中，曲人刘时中残忍地打破了众多元文人的美梦。他从来都不打算令身边那些沉迷于酒色生活的朋友感到舒坦。并不是他不能这样做，而是不可以。不过他的儒雅性情，使得他并没成为冷酷的人；他也并不自命是百姓的代言人，呼吁人权社会，只希望把"人间烦恼，一洗无余"（《折桂令》）。

总是去干涉别人的生活、批评社会现状，令刘时中感到非常疲累，但是他的曲子仍旧被称为元代的"史诗"。他一唱一吟，都是当时的贫苦者在死亡线上挣扎的血泪，在那时绝无仅有，后世也罕见。

【叨叨令】有钱的贩米谷、置田庄、添生放，无钱的少过活、分骨肉、无承望；有钱的纳宠妾、买人口、偏兴旺，无钱的受饥馁、填沟壑、遭灾障。小民好苦也么哥，小民好苦也么哥，便秋收鬻

千秋家国黎民苦

妻卖子家私丧。

——刘时中《端正好·上高监司》

　　这段"叨叨令"是刘时中套曲《端正好·上高监司》里的段子。该套曲子的开篇写的是元代发生了一场罕见的大饥荒："众生灵遭磨障，正值着时岁饥荒。"这一年粮食罕有，物价日益上涨，奸商富户自认奇货可居，高价兜售粮草以获取暴利，许多贫苦者饿死于路中，乞丐成群结队四处乞讨。

　　根据《元史》的记载，元顺帝至正十四年（刘时中生活的年代）的确有旱情发生，流民四起。刘时中应该是经历了这段日子，见到途有饿殍才忍不住绘下这幅灾民图。当时官府曾下达过赈灾令，但并没有显著成效。而事实上如果民众能共渡难关，并不一定会死那么多人。在上面的"叨叨令"一曲中这样写道：有钱人仍旧囤田置地、喝酒嫖妓、买卖人口，没钱的人注定要骨肉分离、忍饥挨饿、家破人亡。

　　在众人绝望之际，《端正好·上高监司》的曲子中塑造了一个"救世主"式的人物——高监司，此人在现实当中是存在的，因为《端正好》一曲是刘时中写给高监司的万言书。

　　刘时中笔下的高监司开仓赈济，日夜奔走抚恤灾民，惩治奸商和鱼肉百姓的官吏，毫无偏私。他"爱民爱国无偏党，发政施仁有激昂。恤老怜贫，视民如子，起死回生，扶弱摧强……天生社稷真卿相，才称朝廷作栋梁。这相公主见宏深，

　　微风不定，幽香成径　　元曲

秉心仁恕，治政公平，莅事慈祥。可与萧曹比亚，伊傅齐肩，周召班行"。刘时中甚至将高监司的仁慈和政绩看作古人所谓的"仁政"，而且此人堪比萧曹、伊傅那样辉煌一时的良相名臣。

刘时中盛赞高监司的德行，其中不乏奉承的意思。因为他希望高监司能够看到自己这封揭露地方政府营私舞弊的谏书。整个曲子揭露了当时社会现象：时值灾情严重时期，官商却囤积大量纸钞以供挥霍，扰乱市场正常的经济秩序，祸患乡民。官府表面上道貌岸然，出资出力，实则他们下发的纸币一文不值，根本用不上。刘时中力捧高监司，实则企盼他能向朝廷进言，整顿地方吏治。

按理说身为父母官，高监司赈灾和向朝廷进言是分内之事，并不应被刘时中提醒，但刘时中依然在高监司面前示弱，说尽好话，足可看出他心中的无奈和朝廷的腐败。茫茫人世，刘时中找不到可以投诉的人，当他看到高监司救灾的情景，认为或许此官还有些人性，其他的官吏都是巴不得所有的人都死于非命，好将那些民众的财产收入囊中。

【滚绣球】且说一季中事例钱，开作时各自与，库子每随高低预先除去，军百户十锭无虚。攒司五五拿，官人六六除，四牌头每一名是两封足数，更有合干人把门军弓手殊途。那里取官民两便通行法，赤紧地贿赂单宜左道术，于汝安乎？

——刘时中《端正好·上高监司》

千秋家国黎民苦

这段"滚绣球"描写的是官吏横征暴敛和贪污受贿的嘴脸。由于元政府对币制管理非常混乱,官吏和商人伙同起来玩转钞法,钻朝廷的空子,私下印制纸钞,一旦有收益便坐地分赃。按照衙门里的老规矩,大官分大头,小官得小钱。库府官员、军百户、攒司、官人、四牌头人人有份,连门军、弓手这些看管人员都能得到好处。官宦中所谓的"有钱人"还和商贾串通一气印制假钞,四处骗钱;一些官员甚至借朝廷的名义回收破损钞票,声明全部烧毁,实则偷拿出去再拿到市场进入流通。

官人、商人没有成本地拿着"钱"到处挥霍,受苦的不过是毫不知情的普通百姓。这种无形的凶险比官、商直接奴役打骂穷人还要可怕。鉴于这种现象,刘时中希望高监司"青天大老爷"能将情况禀报朝廷,解决社会上种种问题,以免民众生变,引发动乱。

刘时中的担忧是有道理的。元顺帝是元朝最后一个皇帝,本为元惠宗,"顺帝"是朱元璋给起的谥号。元惠宗弃江山于不顾,终日活在权臣的羽翼下,导致民间起义大爆发。后来起义军攻破大都之后,顺帝仓皇往西北宁夏方向逃走,死于异地。朱元璋建立明朝之后,赐惠宗谥号"顺",意思是他顺应天意将皇位给他。这种带贬义的谥号不被元人承认,却成了历史的公认。

生活在元顺帝时期的刘时中,在对高监司发出劝言时各地已经出现小规模起义,起义若是闹大,元王朝的根基必将不保。

但一个高监司又能如何，就算他肯帮刘时中递上谏言，可是腐败已经渗透到了元朝廷内部，有道是上行下效，地方官胡作非为其实不过是整个朝廷内部变化的缩影罢了。

一曲《端正好》，充满了刘时中的愤恨和伤悲，他满怀希望，可是他也应该清楚到最后得到的必定是失望。毕竟社会已是如此，除非明主降世，朝廷来一次大清洗。然而，刘时中不服输的个性和怜悯世人的柔情，让他又放不下受苦受难的黎民。

闲，天定许；忙，人自取。

逍遥的日子是上天许给世人的，关键在于世人肯不肯过这样的日子；而忙碌是人自找来的，为尘世操心也是自愿的。是以，兼济天下成了很多士人欲做的事，与此种观念捆绑在一起的刘时中，也融入了这前赴后继的队伍当中，泣血修心。

未尝穷人苦，安知世人贫

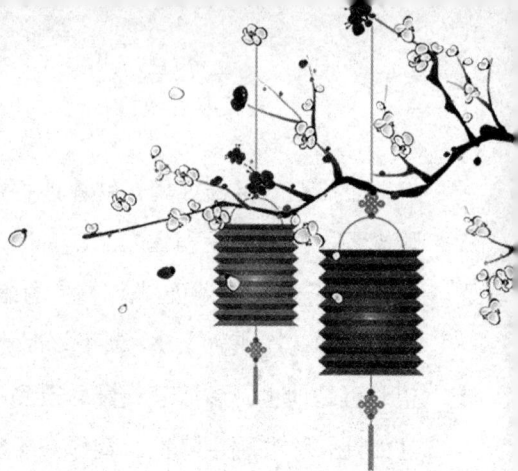

历代对社会表示严重不满的文人都有很多，杜甫的"朱门酒肉臭，路有冻死骨"足以概括世人对社会的逆反情绪。若以朝代而言，元代大概是自汉以来，中国统一王朝中社会最动荡的一个朝代。此时借文学作品大发牢骚的人特别多，有的恨不得摔了锅碗瓢盆、砸墙捶地，也要把朝廷骂得狗血淋头。

古代的知识分子中，不当官、未做大官、做大官不痛快的人牢骚最多，但他们上批朝臣，下悯百姓，然而真正地去写民间生活贫苦的却寥寥无几。即便一些不得志的士人生活在农村，也是一副甘食陋饭、乐得逍遥的模样，其实穷困潦倒，不然元代也不会有"九儒十丐"一说。

宋遗民谢枋得在《送方伯载归三山序》中讲："介乎娼之下，丐之上者，今之儒也。"此话的意思是，文人甚至比娼妓还不如，仅仅高于乞丐而已，一些士人常常吃不上饭，过着乞讨的生活。

　　倚蓬窗无语嗟呀，七件儿全无，做甚么人家？柴似灵芝，油如甘露，米若丹砂。酱瓮儿恰才馨撒，盐瓶儿又告消乏。茶也无多，醋也无多。七件事尚且艰难，怎生教我折柳攀花。

——周德清《折桂令》

　　坐在破烂的窗前，抬头屋顶漏，低头水积洼，家里柴米油盐酱醋茶样样不全。柴如药材灵芝般珍贵、油如清晨甘露般难采取，大米贵如丹砂，其他的所剩无几。生活七大件短此少彼，倒也真够贫穷。人都过这样的日子，哪还顾得上去"折柳攀花"、放浪生活呢？

　　这曲《折桂令》是当时有名的音韵学家周德清所作，他乃宋词人周邦彦的后人，《录鬼簿续篇》对他的评价极高。周德清对作曲、作词甚有心得，终生未出仕，不知是真的不想做官还是没做成官。至于他的生活是否真落魄到粗茶淡饭的地步虽无从考证，但也不能否认曲子里写的人不是他。

　　元人亡命天涯的不少，一如周德清般的著名儒生都度日艰难，更别说其他人了。根据史载，元中期名臣吕思诚未当官之前，家境贫寒，时值旱灾，家中没米没粮，他要把自己唯一的儒袍拿去典当，妻子非常不舍。为此吕思诚曾自嘲："典却春衫办早厨，老妻何必更踌躇。瓶中有醋堪烧菜，囊里无钱莫买鱼。

不敢妄为些子事，只因曾读数行书。严霜烈日皆经过，次第春风到草庐。"一个满腹经纶的书生，有了上顿没下顿，穿的是破衣烂裤草鞋，那落魄滋味肯定不好受。文人尚且如此，更何况普通百姓，对百姓来说，啃树皮、吃草根则是家常便饭。

士人之窘总是难以启齿的，所以那些生活落魄的才子，诸如乔吉之辈，饿着肚皮时也从未写自己吃不上饭的情况。对他们来说，宁饿死也不低头，可周德清显然不这样认为。在他曲子的末尾，流露出对"气节"的鄙视：没饭吃的人还想着风花雪月，不是太不现实了吗？

羁客乔吉曾深深眷恋扬州名妓李楚仪，五体投地地拜在她的石榴裙下，把她视为掌中珍珠，可自己的困苦身世容不得他为李楚仪付出更多。最后扬州路总管贾固将李楚仪纳为禁脔。乔吉曾自比杜牧，每每想起杜牧与妓女张好好貌似完美的恋情，就幻想自己与李楚仪还有"可能"。不过李楚仪还是成了他嘴边的鸭子，飞走了。

乔吉活得很不现实，而周德清远比前者要清醒，也比一般的士人更回归现实。在他看来，没有本钱的隐居避世，注定要"享受"苦日子，有今天没明朝。

元朝民间极端困苦有着一定的社会根源，生活在宋代的人虽然并没有过上小康般的生活，但至少宋人大多数不会挨饿。可元王朝就大不相同了，官方所行的混乱经济政策仿佛故意恶整百姓一般。中国历史除了混战时代在货币发行上比较乱以外，数元代币制最混沌，且比战乱时代有过之而无不及。

宋代和金代流行纸币分别为交子、会子和大钞、小钞。忽必烈即位之后立刻统一了币制，并规定政府每年发行纸币不超过十万锭银。可是币制实行十几年后，国家发行纸币数量年复一年暴涨，到了元朝中叶通货膨胀已经无法抑制，许多官吏和商人从中作梗获取暴利。官商勾结贪污受贿、垄断市场坐地分赃、强取豪夺鱼肉乡民的事情时有发生。活在这种情况下的穷人更穷，不聪明的富人也成了穷光蛋。元曲人苏彦文仅存于世的一篇《斗鹌鹑·冬景》，即是写饱受官商摧残的穷苦人的生活境况。

地冷天寒，阴风乱刮；岁久冬深，严霜遍撒；夜永更长，寒浸卧榻。梦不成，愁转加。杳杳冥冥，潇潇洒洒。

【紫花儿序】早是我衣服破碎，铺盖单薄，冻的我手脚酸麻。冷弯做一块，听鼓打三挝。天那，几时捱的鸡儿叫更儿尽点儿煞。晓钟打罢，巴到天明，划地波查。

【秃厮儿】这天晴不得一时半霎，寒凛冽走石飞沙。阴云黯淡闭日华，布四野，满长空、天涯。

【圣药王】脚又滑，手又麻，乱纷纷瑞雪舞梨花。情绪杂，囊箧乏，若老天全不可怜咱，冻钦钦怎行踏？

【紫花儿序】这雪袁安难卧，蒙正回窑，买臣还家，退之不爱，浩然休夸真佳。江上渔翁罢了钓槎，便休题晚来堪画。休强呵映雪读书，且免了这扫雪烹茶。

【尾声】最怕的是檐前头倒把冰锥挂，喜端午愁逢腊八。巧手匠雪狮儿一千般成，我盼的是泥牛儿四九里打。

——苏彦文《斗鹌鹑·冬景》

曲子开篇交代的是穷人的生活背景：广漠的洪荒宇宙一片寒冷，万物均处于严霜之中，夜似乎更加漫长。冷侵床榻，卧不成眠，人心苦得只想唱"可怜可怜我这个小叫花，给几块煤炭、馒头度度寒"。篇首的两句"杳杳冥冥，潇潇洒洒"，不是说人冷得要命还要"美丽冻人"，而是曲中人对衣不蔽体的自嘲自叹。曲中的主人公为疾苦而惆怅沮丧，眼巴巴盼着快点天明，挨过一时算一时。然而天明日暖没有多久，飞沙走石、霜雪烈风又袭长空，漫天雪花飞舞，主人公却毫无欣赏的心情，因为他只知道苦寒和过冬的难处，而感受不到丝毫的天地之美。

穷人过冬唯一个"苦"字能形容，没有风花雪月的好事，也没有踏雪寻梅的风雅。所以在"紫花儿序"一曲中，接连举了数个典故，提醒世人在冰天雪地中是极难遇到好事，也无欣赏雪景的情致。

第一个典故指晋代周斐的《汝南先贤传》中的"袁安卧雪"。晋时，一年冬天大雪封门，洛阳令到州里巡视灾情，见家家户户都扫雪开路出门谋食，全城只有一户人家门口没有动静，雪封路途，不可通行，正是城中名士袁安的家。洛阳令以为袁安已经冻死，叫人凿门而入，看袁安窝在被里不动，便问何故。袁安说："雪天人人饥饿受冻，我不想出门去麻烦别人。"洛阳令被袁安度人的心意所感动，将之举为孝廉。

苏彦文在《斗鹌鹑》里所描写的寒士，与袁安一样贫苦，但却不像袁安般走运。不仅如此，寒士就连像南朝宋代的吕蒙风雪天到寺庙讨食的事情都不敢做，因为他怕与吕蒙遭遇相同的尴尬，被人赶回寄居所。又比如韩愈获罪贬谪潮州遇雪感叹、孟浩然灞桥风雪寻梅、柳宗元江上看渔翁垂钓、孙康映雪苦学、宋人陶氏扫雪烹茶的雅事，这些事情更不是贫苦寒士所能奢求。一个人如果冷得要死了，也就不会想到风雅之事。他只盼冬季快点过去，端午快点到来才好，那时天朗气清，空气暖和，容易觅食，也不用受冻。

未尝穷人苦，不知世人贫。生活不够艰难，同情之词不过都是站在高处的观望之语。久在外漂泊的苏彦文大概是曾经历过《斗鹌鹑》里所写的困窘日子，是以字字见血，声声控诉，而他也成了元代仅有的几个关心百姓生活的曲人之一。虽然他那无可考的生平让人无法断定《斗鹌鹑》的生活一定是他所经历过的，但可以断定，他的心是真正与元代底层社会中人同在。

寂寞帝国的死角

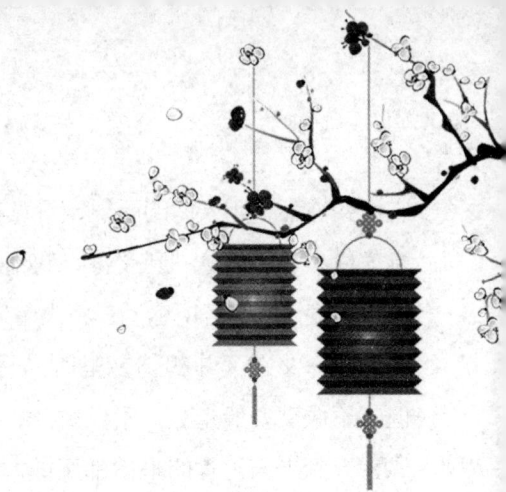

元朝后期，元英宗硕德八剌即位时一心以德治国，实施了一套基本国策，如果他的国策能延续下去，相信中国的历史都要改写。但一场宫廷阴谋令这位仁君死于非命，其宗亲也孙铁木儿即位为泰定帝，开始铲除异己，任用非人。从此元王朝内部皆由权臣所左右，先是儒臣当道，阿鲁威、王元鼎等士人即是托了此福而出仕；然后是权臣燕帖木儿、伯颜（蔑儿乞部伯颜）相继上位，执掌朝廷，不可一世；接着是佞臣哈麻，扼杀了元朝最后一道曙光的，是元顺帝最后的名臣脱脱。元朝这段急速衰败的过程仅仅历时二十二年。

朝政的混乱引发的就是民间的动乱，生于该时期的人，除了那些所谓的起义英雄外，都应当说是不幸的。元后期曲作大家曾瑞恰恰就生活在此时期，亲眼见证了元衰的过程。

钟嗣成一生吊过许多文人，曾瑞是他深深佩服的一位儒家高士，钟嗣成每听到有关曾氏的消息都格外谨慎地记录，曾瑞的言论和勉励世人之语令他铭记在心，后来，钟嗣成在《录鬼簿》中为曾瑞写下悼词："江湖儒士慕高名，市井儿童诵瑞卿。更心无宠辱惊，乐幽闲不解趋承。身如在，死若生，想音容犹见丹青。"

曾瑞一生未入仕途，性格温润却一身傲骨。他家居杭州，终日神采奕奕，穿着整齐往来于闹市，到处结交江湖人士，偏偏不屑于官宦，自号"褐夫"，意思就是一介布衣，乐得自在。他喜欢写曲绘画，从不吝手笔，如同一位老师或和蔼的长者，宽厚待人。江浙一带信服他的人众多，钟嗣成亦是他的粉丝之一。曾瑞的诗词连市井里玩闹的孩子都能信口念出，足见其在民间的名气之大。

与民同乐的曾瑞亦与民同忧，而生于民间长于民间的曾瑞是最有资格诉说人间疾苦的曲人。不过，他并没有直抒自己的不满，而是以寓言曲的方式来讥讽。

元文人当中，有些人极好写寓言来讽喻统治者的无能，像言语比较犀利的邓牧，他的《越人与狗》和《楚佞鬼》，写的虽然是神魔鬼怪，实则借鬼怪来暗指元朝官宦和军人。曾瑞则是完美地把曲子和寓言结合起来，写下了《哨遍·羊诉冤》的套曲，替被欺压的百姓说话。在他之前借动物说人言的还有姚守中的《牛诉冤》和刘时中的《代马诉冤》，所以曾瑞不算开先例，不过他选"羊"来喻世，可谓用心良苦。

羊是古代的祭品之一，在星相中属十二正宫之一，即后来人们说的摩羯星座。平顺的形象和温润的性格令羊有吉祥、美满、和顺的含义，是人们专门用来宰杀的祭品，命运非常悲惨，往往遭受生吞活剥。所以平时形容人弱小的词也都是"小绵羊""替罪羊"一类，这就是曾瑞不忍的原因。

【幺】告朔何疑，代衅钟偏称宣王意。享天地济民饥，据云山水陆无敌。尽之矣，驼蹄熊掌，鹿脯獐豝，比我都无滋味。折莫烹炮煮煎熛蒸炙，便盐淹将厄，醋拌糟焙。肉糜肌鲊可为珍，蒬菜鲈鱼有何奇，于四时中无不相宜。

——曾瑞《哨遍·羊诉冤》节选

此段曲子所讲是战国时期一段关于羊的典故，在《孟子》当中有所记载。秦代以前，各国流行以羊血涂抹钟以歌颂功德的祭祀仪式，叫作"衅钟"。齐宣王见仆人牵牛而过，仆人准备宰牛用来"衅钟"，宣王见牛害怕而大腿发抖，心中不忍，就叫人以羊代替。孟子便说，宣王见牛害怕而不忍杀它，是仁爱之心。

事实上，宣王并不是真的仁慈，他觉得牛可怜，难道被杀的羊不可怜吗？人们将杀羊看作是理所当然的事情，并以羊肉作为美食，无论时节或地域，人们都喜爱美味的羊肉。

羊肉并不是不可食，但人们对羊的做法实在令人目不忍视。

微风不定，幽香成径　元曲

【一煞】把我蹄指甲要舒做晟窗，头上角要锯做解锥，瞅着颔下须紧要栓挝笔。待生抒我毛裔铺毡袜，待活剥我监儿石覃皮。眼见的难回避，多应早晚，不保朝夕。

【二】火里赤磨了快刀，忙古歹烧下热水，若客都来抵九千鸿门会。先许下神鬼飔了前膊，再请下相知揣了后腿。围我在垓心内，便休想一刀两段，必然是万剐凌迟。

【尾】我如今剌搭着两个莴耳朵，滴溜着一条麓硬腿。我便似蝙蝠臀内精精地，要祭赛的穷神下的呵吃。

——曾瑞《哨遍·羊诉冤》节选

上面这三段曲子从《哨遍》当中节选出来，内容大抵都是人们对羊的残忍宰割。羊被单纯地杀掉似乎满足不了人们的欲望，有人还将羊的蹄子切下来做窗帘挂饰，把角锯下来做成刀柄，生剥羊毛做地毯和袜毡，活剥羊皮制成革。羊被千刀万剐，受尽皮肉之苦，人们却乐得在一旁观赏，有的还拿刀直接切下活羊的肉下锅。剩下没皮少肉的赤裸裸、血淋淋的羊奄奄一息。

为羊诉冤的曾瑞，怜悯羊的同时也是在怜悯世人。政局动荡导致地方吏治混乱，许多地方官如同活剥羊的屠夫一样盘剥平民。

在元王朝铁马宏疆的背后，人们总是向往它辽阔的疆域和统治的领域，看到它雄图的一面，称颂它经马可·波罗在西方展现的芳华，最后说上一句"如果忽略它东征西讨……"难道这些就足以诠释元王朝了吗？

　　帝国如风，元王朝的确如同天之骄子。可是，在它光华的背后沉寂着永恒的黑暗。在元王朝光鲜的表面下，悠游于市井之中的曾瑞，所看到的正是社会上充满阴暗的死角。

　　　　微风不定，幽香成径　　元曲